小学館文庫

色にや恋ひむ　ひひらぎ草紙

深山くのえ

JN019776

小学

目次

第一章

憂きことに逢ひくる身をば

幼いころは、恋というものに漠然とあこがれを持っていた。

いつか自分を垣間見《かいまみ》た素敵な公達《きんだち》が、美しい紙にしたためた心浮き立つような歌を贈ってきて、そこから文のやり取りが始まって――

そんな他愛《たわい》もない想像をしていても、年月を経れば現実のほうが見えてきて、己の立場ではそんなに自由に恋などできはしないのだと、理解できてくる。

つまり、自分はまがりなりにも公卿《くぎょう》の娘で、結婚相手は親が決めるもので、そこに必ずしも恋心が介在するとは限らない、ということで。

だから、裳着《もぎ》をすませ、誰に垣間見られもしないまま、家の奥で十八まですごしたある日、父が縁談を決めてきたと知ったときも、いよいよかと思ったくらいだった。

相手は右大臣の次男。家柄は申し分ないどころか、相手が格上だ。女房たちが仕入れてきた情報によると、美男で優雅で歌もうまく、出世も順調だという。

悪い評判を聞かなかったことに安堵《あんど》し、それから型通りの交流が始まった。

相手からの文に、初めは女房が返事を出す。しばらくそれをくり返して、それから自分の手跡で返事を書くようになり、その後、相手が昼間訪ねてくるようになる。ここでも最初は直接話さず女房が言葉を取り次ぎ、御簾《みす》で隔てて顔も見ない。これも何度か繰り返して、いよいよ対面する——はずだった。

あれは四月の中ごろだったか。

そう、もうそろそろ御簾を上げて相手と言葉を交わしてもいいのではと、母と女房たちが話していた、そのとき。

淑子《きよこ》淑子淑子——と、ありえないほどの大声で娘の名を連呼しながら、父が血相を変えて駆けこんできた。

「大変だ、睦子《ちかこ》が、睦子が」

対の屋に暮らす妹の身に何かあったのか。皆が身構えた次の瞬間、父は裏返った声で叫んだ。

「睦子が、おまえの婿君と、契ってしもうた。おまえより先に、おまえの婿君と結婚してしもうた……！」

「……さん。橘典侍《たちばなのてんじ》さーん」

「う……」

肩を揺すられ、淑子はうめきながら身を起こした。

一瞬、乳姉妹の名を呼びそうになって、しかしすぐに思い出す。ここは家ではないし、乳姉妹はとっくに結婚して、いまは夫の任地である東国で暮らしている。

ここは——そう、内裏だ。

「……ああ、おはよう、夏実《なつみ》」

「おはようございます。大丈夫ですか？　珍しいですね、橘典侍さんがあたしに起こされるまで寝てるなんて」

「ちょっと……たぶん、夢見が悪かったせいだわ」

ひとつ大きく息を吐き、淑子は顔を上げた。すると、転がり落ちそうに大きな瞳の少女が、さらに目を大きく見開く。

「え、悪い夢ですか？　誰かに夢占《ゆめうら》してもらいます？」

「それはいらないわ。大丈夫よ」

悪い夢というより、過去のひどい現実が夢に現れただけだ。淑子は軽く頭を振り、残っていた眠気を払い落とす。

「——さ、起きないとね。今日は忙しいわよ」

「除目《じもく》ですもんね。あ、盥《たらい》、そこにあります」

「ありがとう。ちょっとそこから櫛《くし》を取って……」

父の決めた縁談相手が、婚約中に同じ邸宅に住んでいた二つ年下の妹のほうと結ばれてしまったのが、六年前。聞けば、姉の淑子のもとへ通う右大臣の次男を見た妹の睦子が、ひと目で恋に落ち、密《ひそ》かに恋文を送ったところ、それに興味を引かれた右大臣の次男が、睦子のもとへ忍んでいき、あっというまに関係を持ってしまったのだという。

父は大慌てし、母は睦子に激怒したが、起きてしまったことはどうにもならない。淑子は破談を受け入れ、右大臣の次男は睦子と正式に結婚した。

母は、そんな結婚は認められないと怒っていたが、何しろ相手は右大臣の息子、将来有望である。四位の参議にはなれたものの、そこからなかなか位を上げられずにいた父は、どうしても右大臣家と縁を結びたい、堪えてくれと、淑子に頭を下げた。

そもそも自分が望んだ縁談ではない。父の決めたことに従っただけで、相手とは直接会話したこともないし、顔も御簾越しに少し見たくらいの段階だった。

だから別に、淑子自身は相手に未練などまったくなかったのだが、周りの女房らは腫れ物に触るように接してくるし、自分を恋の勝者と思っているらしい睦子は、夫の素晴らしさをいちいち語りにくるし、それを見てまた母が怒るしで、面倒なことこのうえない状況になってしまったのだ。

そんな心休まらない家で、一年は耐えた。

そして、明らかに疲弊していく淑子を見かねた母が、いっそ家を出てみてはどうかと提案してきたのだ。いま宮中で典侍《ないしのすけ》の職がひとつ空いている、伝手《つて》があるから頼んでみることができる、と。

典侍——後宮十二司のひとつ、内侍司《ないしのつかさ》の次官。内侍司は宮中で帝《みかど》に近侍し、奏請、伝宣などをつかさどる仕事をしており、女官の中でも要職である。

華やかな後宮での名誉な役目だが、当然ながら、多くの人目に己の姿をさらすことにもなる仕事だ。

これまで直接話したことのある男といえば、父と兄、祖父くらいしかおらず、御簾の内で女房に囲まれて暮らしてきた自分が、いきなり見知らぬ人々の中に身を置き、顔をさらして男の官人と言葉を交わすことなど、できるはずがない——こんなことになる前なら、即座に断っていただろう。

だがこのときは、心底疲れていた。そして捨て鉢にもなっていた。

どうでもいい。姿を見られようと、誰と話すことになろうと、こんな気詰まりな家にいるより、ずっとましだ。

本気でそう思って、その勢いのまま、後宮に来てしまった。

それから五年——


「……寝過ごしても、わたくしが一番乗りなのね」

淑子はぐるりと部屋を見まわし、いつもどおりの光景に、思わずそうつぶやいた。

内裏の内、紫宸殿《ししんでん》より東に位置する温明殿《うんめいでん》に、内侍司の女官の詰所である内侍所は置かれている。温明殿の身舎《もや》は南北に分かれており、南には神鏡のある賢所《かしこどころ》、北が内侍所とされていた。

内侍司の内訳は、長官である尚侍《ないしのかみ》が二人と次官の典侍が四人、その下に掌侍《ないしのじょう》が四人と定められている。

しかし現在、尚侍の一人は二年前に病死ののち欠員、もう一人も高齢のため出仕はしておらず、典侍も一人が病気療養中で不在——もっともこれは、帝の乳母という立場ゆえに従四位の典侍という官位を得たものであるため、もとから実務に関わってはいなかったのだが、そんなわけで、内侍司で仕事をしているのは、実質七人だった。

淑子は内侍司の中では新参であり、年も最も下なので、なるべく何事にも遅れないようにと心がけてはいるのだが。

「いつもどおり、橘典侍が一番早うございますよ」

振り向くと、四十を幾つか過ぎたころの落ち着いた物腰の女人が、奥から現れた。その後ろには、さらに三十前後の女人が三人、控えている。弁内侍《べんのないし》と呼ばれる最年長の掌侍と、同じく掌侍の按察《あぜち》の内侍《ないし》、播磨《はりま》の内侍《ないし》、伊予《いよ》の内侍《ないし》だ。

「おはようございます、皆さん」

職により与えられた位では上まわるものの、年と実績では及ばない四人に、淑子は丁寧に頭を下げる。

「おはようございます。あとのお二人は、そのうち来られるでしょう。本日は忙しくなりますので、もう支度を始めてもよろしいのでは」

「そうですね」

今日は新しく官人を任命する、除目の日だった。

以前は地方官の任命と同じく一月だったが、京官の除目は最近では時期がずれており、今年は三月も半ばを過ぎて、ようやく行われることになった。

「……あ、そうそう。これ――」

淑子は懐から、細くたたんだ紙の束を差し出した。

「今日は書き付けがたくさん必要でしょう？　手持ちの反故《ほご》から、裏が使えるものを持ってきました。使ってください」

「それは助かります。……が、よろしいのですか。文のようですが……」

弁内侍は紙の束を見て、受け取るのを躊躇《ちゅうちょ》していたが、中でも年若い伊予の内侍が横から手を出し、さっと引ったくる。

「いいんですよ、いただいて。どうせ御実家の妹さんからでしょう？」

「そのとおりです。どうぞ、御遠慮なく」

「ほら、やっぱり。……まーぁ、相変わらずの嫌味《いやみ》な文」

遠慮なくと言われた伊予の内侍は、本当に無遠慮に紙を開いて、淑子宛ての文を勝手に読み始めた。

「橘典侍の妹さん？　あの許婚《いいなずけ》を奪ったっていう……」

「そうそう。実の姉に恥をかかせたんだから、少しは殊勝にするものだと思うけど、すごいですよ。まるで反省してないの」

「あぁ、例の……。えっ、いまだにこんな文を寄越《よこ》すの？」

他人の文を覗《のぞ》いて盛り上がる掌侍三人に苦笑しつつ、淑子は自分の文机の前に腰を下ろす。

家にいたときも何かと夫自慢をしてきた睦子だったが、それは淑子が女官になってからも、わざわざ文を送ってくるかたちで続いていた。

五年間ずっと、中身もさほど違いのない夫自慢と結婚の幸せを知らせてきて、いったい何がしたいのか、自分にとって睦子は可愛《かわい》い妹だったが、睦子にとっての自分は良き姉ではなかったのだろうかと、初めのうちこそ悩んだが、内裏での生活に慣れるにつれ次第にどうでもよくなり、また鬱陶しい消息が来た、という感想を経て、いまでは裏紙が使える反故が定期的に届くようになった、としか思わなくなった。

我ながら図太くなったものだと、硯箱《すずりばこ》を開けながら、淑子は独り、薄く笑みを浮かべる。

とはいえ、鬱陶しいものは鬱陶しいので、この五年、一度も宿下がりしていない。母がときどき宮中に会いにきてくれて、たまには帰ってきなさいとぼやいているが、睦子から文が届く限り、帰ることはないだろう。

「――橘典侍さん、橘典侍さん……！」

墨をすっていると、内侍司で掌侍の下、諸々《もろもろ》の雑務にあたる女孺《にょじゅ》のうちの一人、夏実が、小走りで駆けこんできた。

「あの、承香殿《じようきようでん》の前で、女房たちが揉《も》めてて、みんな通れなくて」

「また？」

「たぶん承香殿と、麗景殿の女房だと思うんですけど」

身振り手振りで方向を示す夏実に、弁内侍が大きくため息をつく。

「……そこが通れなければ、除目の確認に不便ではないの」

「そうなんです！　もう始まったのか、様子を見にいくところだったんですけど」

除目は清涼殿において帝の御前で行われる人事の儀式であり、内侍司としても内容を把握しなければならないため、公卿がどれくらい集まっているのか、いつ始まりそうか、さっき夏実に確かめにいくように指示しておいたのだが。

墨を置き、淑子はうんざりした顔で立ち上がった。

「……わかったわ。わたくしが行きます」

「頼むわねー」

伊予の内侍がのん気に、ひらひらと手を振る。

温明殿から清涼殿まで、承香殿の北側の廊下を東西にまっすぐ行くのが一番早い。

だが、そこは後宮。女御たちの住まいの真っただ中で——

淑子は内侍所を出て渡殿《わたどの》を渡ると、足早に綾綺殿《りようきでん》の廂《ひさし》を通り抜ける。

家にいたころは、長袴《ながばかま》をはいていながらこれほど速く歩けるものだとは、思ってもみなかった。

承香殿に近づいていくと、何人かの女人が罵り合う甲高い声が聞こえてきた。見ると、十人ほどの女房たちがふた組に分かれ、廊下いっぱいに広がって対峙《たいじ》している。そして互いを非難する女房たちを、何人かの女官や女孺らが困り顔で遠巻きに眺めていた。なるほど、これでは通れない。

罵り合いの内容はいっさい無視して、淑子は歩いてきた勢いのまま、女房たちの輪の中に踏みこんだ。

「――いい加減になさい!!」

渾身《こんしん》の一喝に、それまでさえずっていた女房たちは、口に何か詰められたかのように押し黙る。

淑子は眉間に力をこめ、鋭いまなざしで女房たちを見まわした。

「皆、承香殿と麗景殿の女房ですね。いったい月に何度揉めれば気がすむのです。特に承香殿の。あなたがた、このあいだ藤壺の女房たちとも揉めごとを起こしたばかりでしょう」

「そ……それはあたくしたちじゃ……」

「言い訳は結構。どのみちあなたがたのお仲間ですよ」

小声で反論しかけた女房を、淑子は冷ややかに一瞥《いちべつ》する。

「双方とも、お引きなさい。今日は殿舎から出ることは認めません」

「は？　そんな横暴な――」

「このまま下がれというの？　先に無礼を働いたのはあっち――」

「黙りなさい！」

同時に抗議を始めた女房たちを、淑子はそれを上まわる声でさえぎった。

「揉めごとの理由など、こちらにはどうでもいいことです」

「なっ……」

「しかし、道をふさいでまで揉め続けるのであれば、下がって出てくるなと言うよりありませんよ。邪魔です。迷惑このうえない」

容赦ない淑子の物言いに、どちらの女房たちも、露骨に嫌な顔をする。

「何よ、生意気な……」

「相変わらずよね、『柊《ひいらぎ》の典侍《すけ》』……」

「本当に刺々《とげとげ》しいんだから……」

互いを罵っていたはずが、いまやどちらも淑子に悪態をつきつつ、それでも渋々といった様子で、女房たちはそれぞれの殿舎に引きあげていった。

誰かの朝餉《あさげ》の膳を下げている途中だった女童《めのわらわ》、仕事中だったらしい掃司《かにもりのつかさ》の女官、樋箱《ひばこ》を持ったままの樋洗《ひすまし》などが、一様にほっとした表情で次々に淑子に頭を下げて通り過ぎていく。

淑子についてきていた夏実が、はーっと大きく息をついた。

「さっすが、橘典侍さん。頼りになりますねぇ」

「……いいから、除目のほう見てきて」

「はぁい」

今度こそ清涼殿へと向かった夏実を見送って、淑子は内侍所へと引き返す。

……柊の典侍、ね。

いつからか、後宮の女房たちにそんなあだ名をつけられていた。愛嬌《あいきよう》がなく、言葉がきつく、刺々しい。まるで触れれば手に刺さる、柊の葉のようだ——と。

別に、好きで強い態度をとっているわけではない。ただ、いまの後宮は女房たちのあいだに揉めごとが多く、誰かが割って入らなければ騒ぎが収まらないのだ。

もちろん喧嘩《けんか》の仲裁など、内侍司の仕事ではない。放っておいてもいっこうに構わないのだが、現にさっきのように、立場の弱い者たちが何も言えず迷惑しているのを見過ごすこともできなかった。

罵声の応酬よりも大声でなければ止められないなら、より声を張り上げるしかないし、穏やかにたしなめても収まらないなら、より強く接するしかない。そうしているうちに、すっかり後宮の女房たちからは疎まれ、下の者たちからは揉めごとの止め役を期待されるようになってしまった。

壊れた縁談といい、後宮での役まわりといい、どうも自分は損ばかりするさだめにあるのではないか——そう思えてならない。

もしかして、信心が足りないのだろうか。人並みに御仏《みほとけ》に手を合わせているつもりだったが、今度どこかの寺に参籠《さんろう》でもしようか、などと考えながら内侍所に戻ると、頭数が二人、増えていた。

「あら、橘典侍、また喧嘩の仲裁ですって？」

「大変ねぇ、柊の典侍も……」

のんき気に笑っている二人の、よく肥えた四十ほどの女人が、藤典侍《とうのてんじ》。もう一人、こちらは逆に痩せぎすで額の広い、三十半ばほどの女人が、宰相典侍《さいしょうのてんじ》だ。

少々寝過ごした淑子よりさらに遅れて現れた二人は、古参の典侍である。ちなみにこの二人が後宮で揉めごとを見かけても、関わることはいっさいない。

「――いま、清涼殿に女孺を行かせました。もう少しで様子がわかると思います」

「助かります。……あの」

淑子が古参の典侍二人の話には乗らず、弁内侍に報告すると、弁内侍はうなずいて、少し渋い表情をした。

「何か？」

「今日の除目ですが、藤典侍と宰相典侍が、内容の一部を事前に把握されておいでalong して……」


「ああ、やはり」

女官をしていれば、まして内侍司というところにいれば、おのずと官人とのつながりができてくる。しかも藤典侍はそもそも右大臣の親戚で、宰相典侍も父親が参議の職にある。除目が始まるより前に情報を仕入れていたことは、これまでにも何度かあった。……もっとも淑子とて、父親は現在、参議より上の中納言なのだが。

淑子は父親から何か知らせてもらったことはないし、そうしようなどと思ったこともない。どうせ除目が行われれば、あとで正しい内容は伝えられるのだ。

「それがどうかしました？」

「今度の除目では、五位の蔵人《くろうど》が二人、入れ替わるらしいのです」

「あら、三人のうち、二人もですか？」

蔵人も帝に近侍する役職だ。当然、たしかな実務の能力が求められる。それが一度に二人も替わるとは。

「はい。それで、二人のうちの片方、ですが」

弁内侍は言いにくそうに言葉を切り、そして声をひそめた。

「……右府《うふ》様の、御子息だそうです」

淑子の切れ長の目が、すっと見開かれる。

「まさか」

「はい。……御次男の豊隆《とよたか》どのが、左近《さこん》少将と兼任で、蔵人に……」

「……」

淑子も苦虫を嚙《か》み潰《つぶ》したような顔で、額に手を当てた。

「最悪……」

右大臣の次男。

つまりそれは、かつての縁談相手で——現在、妹の夫である男だった。

「……憂鬱そうね」

清涼殿西廂にある鬼間《おにのま》の隅で、先ほど帝から承った、今後の儀式についての幾つかの指示を記した書き付けをまとめながら、播磨の内侍がくすくすと笑う。

「蔵人少将にお会いするの、そんなに嫌？」

「嫌ですよ」

即答して、淑子は床に散らばっていた紙の一枚を拾った。

「できれば明日にでも除目をやり直して、どこでもいいので蔵人所以外にお勤めいただきたいです」

「蔵人少将も嫌われたものねぇ……」

播磨の内侍はいかにも愉快そうに、肩を揺らしている。

年は下でも役職は上だからと、弁内侍は淑子に対して律儀に丁寧な姿勢を崩さないが、播磨の内侍を含むあとの三人は、淑子を妹のように見ているようで、弁内侍のいないところで仕事をしているときは、このようにくだけた態度だった。

それが別に不快でもないので、淑子も愚痴めいた口調で応じる。

「あのですね、わたくしが嫌がっているのにも、理由があるんです」

「あら、どんな？」

「……まだ宮中に上がったばかりのころ、弘徽殿《こきでん》の近くで声をかけられたんですよ、あの男に」

後宮には元許婚の姉妹である右大臣の娘たちも、女御として入内《じゅだい》していた。姉や妹に会うために、元許婚が後宮内を歩いていても、おかしくはないわけだが。

「わたくしも初めて顔を見ましたから、しばらく誰なのかわからなかったんですが。……それが件《くだん》の、妹に乗り換えた男だと気づきましたら」

「どうなったの？」

「口説かれたんです」

当時を思い出し、気味の悪い毛虫でも見つけたかのような顔をする淑子に、播磨の内侍は、あらまぁ、と声を上げた。

「妹さんと結婚しているのに？」

「いるのに、です。……何か、きみがこれほど美しかったとは、とか、知っていたら妹の誘いに乗るのではなかった、とか、調子のいいことをべらべらと……」

「……それは嫌だわ」

さっきまで笑っていた播磨の内侍が、話を聞いて瞬時に真顔になる。

淑子は軽く息をつき、まとめた書き付けを順番どおりに並べていった。

「気持ちが悪くて、そのときは何も言わずに逃げましたけど、そのあとも何度か声をかけられて……困っていたら、尚侍様が、あの男をいさめてくださって」

「ああ、一の尚侍が……」

いまは亡き尚侍だ。本当に世話になった。

「それで声はかけられなくなりましたけど、たまに不愉快な歌を寄越してきて」

「恋歌？」

「だと思います。最初のひとつ以外は、読まずに燃やしましたから、わかりませんけれど。わたくしが柊の典侍と呼ばれるようになって、それでようやく、それも止《や》みました。——播磨さん、ここ、これで合っていました？　主上のお言葉」

「どれ？　来月の旬儀《しゅんぎ》について？　ああ、これで大丈夫よ。……あなたがどうこうというより、他所《よそ》の恋人のことで手いっぱいなんじゃないの？　右府様の御次男って、恋多き公達だって言われているじゃない」

「そうらしいですすね」

弘徽殿の女房を恋人にしたかと思えば、都のどこそこの女の家へ通っているとか、今度は承香殿の女房といい仲になっているとか——年に二、三度は、そんな噂《うわさ》を淑子も耳にしていた。

すべて本当なら、むしろ結婚せずにすんでよかったと、妹を拝みたくなる。それと同時に、いかに婚約前に聞かされた評判が当てにならないものだったかも、思い知らされたわけだが。

「今日の勅旨は、これで全部ですね。では……」

これを蔵人に伝えなければならない。そのためには、あたりまえだが、蔵人に会わなければならない。

つまり、新しく五位蔵人に任じられた元許婚の藤原《ふじわらの》豊隆とも、顔を合わせなければならないということで。

「……そんなに嫌なら、わたしが代わりに行ってこようか？」

少し気の毒そうな表情をして、播磨の内侍が言った。

「どうせ宰相典侍だって、勅旨が多いときは面倒くさがって、わたしたち掌侍に押しつけているわよ」

「……わたくしまでそれをやってしまったら、典侍の職そのものへの信用にかかわるでしょう」

淑子は腰を上げ、唐衣《からぎぬ》の襟元を整える。

「それに、今日だけ代わっていただいても、どのみちいずれは顔を合わせなければならないでしょうから」

「まぁ、それもそうね……」

いってらっしゃいと、同情顔の播磨の内侍に肩を叩《たた》かれ、淑子は鬼間を出た。

蔵人所は清涼殿の南側にある校書殿の内に置かれているが、勅旨を受け取る蔵人はいつも、清涼殿に来て待っているはずだった。

一度簀子《すのこ》に出て、鬼間の隣りにある殿上の間を通り抜ける。ときどきこの殿上の間で待っている蔵人もいるが、さっき鬼間の窓から覗いて確認したら、今日は無人だった。沓《くつ》を脱いで上がらず外にいる場合もあるので、殿上の間の戸をそっと開けると、清涼殿と校書殿《きようしよでん》のあいだにある小庭に、深緋《ふかひ》色の袍《ほう》が見えた。五位の官人が着る色だ。

淑子は扇を広げて顔を半分隠しつつ、身を強張《こわば》らせる。

ゆっくり、ゆっくりと、扉のきしむ音がしないように戸を開けていくと、それまでこちらに背を向けていた五位の官人が、ふいに振り返った。

「……っ」

危うく声を上げそうになり——だが、それがあの鬱陶しい男とは似ても似つかない容貌であることに気づいて、叫びをかろうじて飲みこんだ。

違う。あの男はもっと色白で細面で、袍ではなく袿《うちき》でも着せれば女と見紛《みまが》うような面相をしていた。

しかしそこに立っていたのは、はっきりとした目鼻立ちに、真一文字に引き結ばれた、意志の強そうな唇の、凜々《りり》しいという言い方を通り越して、いささか武骨とさえ感じられる顔立ちの官人だった。

淑子は腹に力をこめ、扉の残りを勢いよく全開にすると、声を出した。

「——蔵人所の方ですか？」

武骨な官人はきちんと背筋を伸ばし、姿勢を正してうなずいた。

「左様です。勅旨を受け取りにまいりました」

強面《こわもて》とも見える風貌から発せられたその声は、落ち着いた、深みのあるものだった。

鬱陶しい男ではなかった安堵と、官人の声色の穏やかさに、淑子は我知らずほっと息をつき、肩の力を抜いていた。

そして安心しながらも、頭の中で素早く、この官人の正体を考える。

五位蔵人はそもそも三人。除目で役職に変更のなかった年長の紀《き》氏ではなく、問題の鬱陶しい男——蔵人少将でもない。残るはもう一人の新しい蔵人。

「あなた様は……源蔵人《げんのくろうど》様でございますね？」

「いかにも、このたび蔵人に任じられました、源誠明《みなもとのさねあき》です」

源誠明。……この人物は、少々複雑な立場にある公達だ。その名前と立場のことは以前から知っていたが、間近で顔を見るのは、これが初めてだった。

だが、いまこの場でそれらのことを話題にするつもりはない。ここにいるのは仕事のためだ。淑子は庭へせり出している小板敷に出て、一段低い場所に立つ相手をできるだけ見下ろさないようにするため、腰を屈《かが》めて軽く一礼する。

「このたびは御就任おめでとうございます。わたくしは典侍の——」

「存じております」

落ち着いた声のまま、源蔵人は淑子の言葉をさえぎった。

「橘典侍ですね。橘中納言の御息女の。蔵人所の者たちからも、話は聞いています」

「……それは、さぞ悪口を聞かされたことでございましょう」

苦笑とともに、そんなつぶやきが口から漏れた。蔵人所の面々も、自分のことを陰で柊の典侍と呼んでいることくらい、とうに知っている。

だが、源蔵人は片眉を少し上げ、怪訝《けげん》な顔をした。

「あなたを悪く言っていた者は、おりません」

「え？」

「伝宣も奏請も、典侍の中で最も信用できると、誰に訊《き》いてもそう言っていました」

「……ああ、それは」

藤典侍、宰相典侍と比べれば、というだけのことだ。仕事以外の悪評は、これから幾らでも聞くだろう。

微苦笑を浮かべつつ、淑子は扇を閉じると、懐から勅旨の書き付けを取り出した。

「ありがたいことでございます。……ではその信用を保てますように、本日主上より承りましたこちらを、お渡しいたしましょう」

「拝見します」

源蔵人は一度きちんと頭を下げ、手を伸ばして丁重な物腰で書き付けを受け取る。蔵人の仕事を始めたばかりだから、というより、源誠明の人物が、おそらく真面目な性質なのだろう。一連の動作から、いちいちそれがうかがえた。

「……この書き付けは、どなたが？」

「わたくしでございます。かな文字ばかりで申し訳ございません。読みづらいところがございますか？」

「いえ。とても美しい手跡です」

視線は書き付けの文面に向けながら、源蔵人は淡々と答える。

「……こちらの賀茂祭についてですが、報告には数日かかるかと」

「お急ぎではないと存じます。もしわかるなら、との仰せでございましたので」

「承知しました」

「他に、何かございますか？」

今日はそれほど複雑な伝宣ではないはずだが、相手が蔵人になりたてということもあり、淑子は念のため、そう尋ねた。今日の勅旨を伝える相手が藤原豊隆ではなかったというだけで、もう気分は清々《すがすが》しいものだった。

「……そうですね」

源蔵人は書き付けに最後まで目を通し、そしてそれを大事そうに懐にしまって、顔を上げた。淑子と、まともに目が合う。

「橘典侍」

「はい」

唐突にまっすぐ見つめられ、淑子はちょっと面食らったが、すぐに返事をした。

「何でしょうか？」

「私と、結婚してください」

「……」

いま、何と言ったか。

「は、い？」

意味がわからず首を傾《かし》げると、源蔵人は生真面目な表情を変えないまま、しかし、さっきよりゆっくりと、同じ言葉をくり返した。

「私と、結婚してください。橘典侍」


……何だったの、あれは。

淑子は内侍所の自分の文机の前で、呆然《ぼうぜん》と硯箱の中を見つめていた。

いや、視線は硯箱にあるが、それはどうでもよかった。清涼殿からこちらに戻って以降、どうにか平静を装って残りの仕事をこなし、その仕事もすべてすませ、いまはもう他の典侍も掌侍も、内侍所を引きあげている。

だが淑子は硯箱の整理をしたいから、という理由でここに居残っているため、一応硯箱の蓋を開けているのだ。

しかし開けているだけで、特にすることはない。本当に整理したいのは硯箱ではなく、混乱している自分の頭だ。

……聞き間違いじゃなかったわよね。

結婚してください、と言われた。

結婚とは、つまり、結婚のことだろうか。

「……」

淑子は顔を上げ、あたりを見まわす。

文机、円座《わろうだ》、脇息《きょうそく》、几帳《きちょう》、燈台《とうだい》——他に人がいないだけの見慣れた光景と静寂が、混乱の中に不安をも足していく。

もしや自分は、さっき源蔵人にからかわれたのではないか。あるいは蔵人になったばかりで、誰かに柊の典侍をからかってこいと、けしかけられたとか——

……あの人の立場で？　そんな軽率なことを？

再び硯箱に視線を戻し、淑子は微《かす》かに眉根を寄せる。

あらためて源誠明という人物のことを考えるには、まず現在の帝のこと、この後宮という場のややこしさを、先に理解しておかなければならなかった。

現在の帝は、十年ほど前に崩御した先帝の、唯一の皇子である。正確には、他にも三人の皇子がいたが、いずれも体が弱かったようで元服を待たずに夭逝《ようせい》してしまい、無事に成長したのが現在の帝だけだったのだという。

その帝の後宮には、五人の女御がいる。

左大臣藤原恒望《つねもち》の娘、麗景殿の女御。右大臣藤原豊方《とよかた》の娘、弘徽殿の女御と承香殿の女御。大納言藤原朝任《あさとう》の娘、藤壺の女御。そして先帝の弟である式部卿宮《しきぶきょうのみや》の娘、梅壺の女御。

入内の順は弘徽殿、麗景殿、藤壺、梅壺、承香殿で、弘徽殿の女御は帝が東宮のころに東宮妃となっており、もし、この弘徽殿の女御が真っ先に皇子を産んでいれば、次代の帝となるべき東宮は、その皇子にすんなり決まっていたかもしれない。

だが、五人の中で現在皇子を産んでいるのは、麗景殿、藤壺、そして承香殿の女御だった。

人臣の頂点に立つ左大臣の娘、麗景殿の女御が一番に皇子を産んでいたら、これもすんなり東宮になっていただろう。しかしここがややこしいことに、後宮で最初に皇子を産んだのは藤壺の女御で、よりによってそのたった二か月後に、麗景殿の女御も皇子を産んだのだ。いまから四年前のことである。

もちろん、後宮内での立場は麗景殿の女御のほうが上だ。大納言の娘より、左大臣の娘のほうが強い。だが藤壺の女御は、そもそも帝の強い希望で入内した、という経緯があった。帝がまだ東宮妃を迎えてもいない元服前、ある年の豊明節会《とよあかりのせちえ》で五節《ごせちの》舞《まい》を披露した舞姫の一人が藤原朝任の娘で、帝はその娘にひと目惚《めぼ》れしていたのだ。

藤壺の女御は、言わば帝の初恋の相手で、いまでも最も寵愛《ちようあい》は深い。それゆえ立場では麗景殿の女御に劣っても、やはり帝は藤壺の女御が産んだ第一皇子を東宮にしたいとお考えのはずだ、という意見と、たったふた月の違いで第一も第二もない、やはり左大臣の後ろ盾がある皇子を東宮にすべきだ、という意見で、政《まつりごと》の界隈《かいわい》が真っ二つに割れた。そして後宮でも、麗景殿と藤壺で、静かな争いが始まった。

それでもまだ、静かだったのだ。少々のいざこざはあっても、立場の違いははっきりしているので、藤壺側が遠慮して、ことは収まっていた。

だが、大納言藤原朝任はやはり孫を東宮にしたいという野心を持っていたようで、一時期右大臣と組んで、左大臣に対抗しようと試みた。右大臣もそれに乗ろうとしたようだが、その矢先に承香殿の女御が懐妊し、藤壺と麗景殿に三年遅れて皇子を産んだのだ。そうなると右大臣も、何とかして我が娘が産んだ皇子を東宮に——となってくる。

もともと右大臣こそ、最も野心が強い。左大臣と右大臣は実の兄弟だが、兄弟仲良く、ということにはまったくならないらしく、弟は露骨に兄を敵視し、兄もそんな弟を疎んじており、もはや犬猿の仲といってよかった。

そんなわけで、麗景殿と藤壺の静かな争いは、承香殿にかしましい女房たちが多いことも相まって、派手な三つ巴《みつどもえ》の争いへと進化してしまったのだ。こうなっては、なかなか東宮も決められない。

——ところで、現在の帝が先帝の崩御によって即位したときには、皇子どころか、まだ皇女すら一人も生まれていなかった。

しかし誰かを東宮にはしておかなければならないので、いずれ皇子が生まれるまで、という暫定的な措置で、先帝の同母弟である中務卿宮《なかつかさきょうのみや》が東宮となった。

帝にとっては叔父にあたる暫定の東宮は、現在すでに五十近い年齢であり、そして暫定の東宮となった時点で、一男三女をもうけていた。

嫡子である男子の名は、誠明。元服のさいに臣籍降下し、源氏となっている。年は帝のひとつ下で、現在は二十七歳。東宮の嫡子、帝の従兄弟《いとこ》という立場ではあるが、皇位継承とは関係がない。父の東宮位はあくまで暫定で、三人の皇子のいずれかが東宮に決まれば、すぐに交代となる。

だが——それが決まらない。三つ巴だ。

そして、もうひとつ。誰かが大っぴらに口にすることはないものの、昔を憶《おぼ》えている年長者たちには、何となく共通した懸念があるらしかった。先帝の皇子たちの多くが、元服を迎えられなかったことだ。

現在の帝の皇子たち三人は、無事に成長してくれるのだろうか。世の中、何が起こるかわからない。もし暫定のはずの東宮が、本当に即位するようなことになったら。いや、暫定の東宮とて、それなりの年齢だ。三人の皇子が成長するより先に身罷《みまか》ってしまったら。いやいや、もしも考えうる最悪の事態になってしまった場合、次の東宮位に最も近づくのは、源誠明ではないのか――

実際は、三人の皇子はいずれも健康に育っているし、その他の皇女たちも、中には少々体の弱い皇女もいるが、特に心配するようなことはない。源誠明が東宮になるような事態にはまずならないと思われるが、それでも「東宮の嫡子」のことは、しばしば人々の密かな話題となっていた。

その源誠明が、である。

……わざわざ典侍をからかうような話に乗る？

しかし、からかわれたのでなければ、あれは求婚――ということになってしまう。からかいより求婚のほうが、余計わけがわからない。

淑子が額を押さえて考えこんでいると、御簾の向こうから耳慣れた声が聞こえた。

「橘典侍さーん。まだこっちにいますかー？」

「……夏実？」

返事をすると、夏実が御簾の隙間から顔を出した。

「あ、いらした。橘典侍さん、辞める女孺たちが、橘典侍さんに御挨拶したいって」

「ああ……いいわよ、入って」

淑子は硯箱の蓋を閉め、文机の脇に置いてある冊子箱を開けた。

「橘典侍さん、失礼します……」

夏実とともに、年若い女孺が二人、部屋に入ってきた。

「お疲れ様。二人とも、明日までだったかしら？」

「はい。あの……故郷に帰って、結婚することになってて……」

「あ、あたしもです……」

二人の女孺は床に手をつき、丁寧に頭を下げる。

「橘典侍さんには、本当にお世話になりました。いろいろ教えていただいて……」

「至らないことばかりだったのに……本当に、よくしていただきました」

女孺たちが声を詰まらせ、淑子は冊子箱から手のひらに隠れるほどの小さな紙包みをふたつ取り出すと、それぞれに差し出した。

「二人とも、結婚おめでとう。これはわたくしからのお祝い」

「えっ……」

二人は互いの顔を見合わせ、そしておそるおそる受け取る。一人が何かに気づき、それを鼻先に近づけて、あ、と声を上げた。

「橘典侍さん、これ……」

「練香《ねりこう》。わたくしが合わせたものだから、あなたたちの好みに合うかどうかわからないけど、よかったら使って」

「あ……ありがとうございます！　いい香り……」

「嬉《うれ》しいです。特別なときに使わせていただきます……」

女孺たちは晴れやかな表情で各々礼を言い、あらためて別れの挨拶をして下がっていった。残った夏実は、冊子ではなく香を分けた紙包みばかりが入った冊子箱の中を覗いて、口をとがらせる。

「いいなぁ。あたしにもひとつくださいよー」

「あなたが女孺を辞めるときには、餞別《せんべつ》にあげるわよ」

「えー、あたしまだまだ辞めませんし」

「じゃあ、あげられないわね」

冊子箱の蓋を閉めて、淑子はもう一度、硯箱の蓋を開けた。

「だいたいあなたは、香よりこっちでしょう。――はい」

硯や筆を収めた上段を外し、紙などを入れてある下段から布袋をひとつ取り出す。もうそこから何が出てくるか承知している夏実は、満面の笑みで両の手のひらを広げて待っていた。

「今日は何ですか？　松の実？　蓮《はす》の実？」

「榛《はしばみ》。……手じゃなくて、紙を出しなさいな」

「はーい」

煎った榛を懐紙に盛ってやると、夏実は数粒だけ摘まんで、残りはそのまま懐紙に包《くる》んで懐に押しこむ。

「えへへ。いただきまーす」

「そのかわり、ただでは食べさせないわよ？」

「いいですよ。何を調べてくるんです？」

早速榛を口に入れ、夏実は声をひそめた。

実のところ、夏実は女孺の中でもかなり有能だ。態度が軽いわりに口は堅く、それでいて噂話《うわさばなし》や人の評判を聞き集めてくることに長《た》けている。

「新しい蔵人の、源誠明様のこと」

「……『東宮の嫡子』の？」

「そう。その人」

榛を噛《か》みながら、夏実は大きな目をくるりとまわした。

「どういうことを特に？」

「人となりとか……あと、そうね、北の方のこととか」

普通に考えれば、立場的にも年齢的にも、とっくに結婚しているはずだ。すでに何人か妻がいてもおかしくはない。

「わかりました。急ぎます？」

「できれば。でも、正確なほうがいいわ」

「それはもちろん。――じゃ、失礼しまーす」

行儀悪く榛を摘まみつつ、夏実は内侍所から出ていった。何故《なぜ》源誠明なのか、など余計なことを訊いてこないのも、夏実のいいところだ。

夏実の調べてきた結果次第で、今日のことがからかいなのかそうでないのか、わかるかもしれない。悩むのは、そのあとでもいいのだろうか。

今度こそ硯箱を片付け、淑子は息を吐く。

ただでさえ、鬱陶しい藤原豊隆と顔を合わせるはめになるかもしれないと考えて、気疲れしていたところに、あんなことを言われて、おかげで鬱陶しい男のことはすっかり忘れていたが、疲れは上乗せされてしまった。

いつまでもここにいないで、自分の局で休もう。そう思って立ち上がりかけたところへ、何やらばたばたと忙《せわ》しない足音が近づいてきた。女の足音ではない。

「――き、淑子、どこだ淑子……」

誰かと思えば――淑子は頭を抱え、先ほどとは比べものにならないほど盛大にため息をついてから、顔を上げた。

「お父様。……橘中納言様、こちらでございます」

「お？　おお、いたか、淑……」

「それ以上、名を呼ぶのはおやめください。家ではないんですよ、ここは」

御簾をはね上げて部屋に入ってきた黒い袍の男――淑子の父、橘基則《もとのり》は、娘の冷ややかな声に、世にも情けない顔をした。

「……あ、すまん……」

「本当に、相変わらずで……。何の御用ですか」

「あ、ああ、うん、いやな、つい先ほどのことなんだが」

この父が慌てると周囲に気を配れなくなるのはいつものことだが、さすがに内侍所に顔を出して、他者の有無を確かめもせずに話し出すのは初めてだった。

「源蔵人が——おまえを、つ、妻にしたいと」

「……」

からかいではなかったようだ。

「淑子、おまえ、いつのまに源蔵人とそういう仲に……」

「なっておりません」

父がみなまで言う前に否定し、淑子はあらためてあたりを見まわして、付近に誰もいないか確かめる。すでに昼を過ぎていて、幸い女孺たちもすべて下がっていた。

「……源蔵人様と言葉を交わしたのさえ、今日が初めてです。それも、お役目で顔を合わせただけですし」

「しかし、あちらはすでにおまえに求婚したと言っていたぞ」

「それは……まぁ、そのようなお話も、ありましたが……」

どう返事をしたものか、迷った挙句、あの場は何も言わずに逃げてしまった。よもやそのあと、父のところへ行っていたとは。

「あったなら、どうして儂《わし》に言わんのだ。一大事ではないか！」

基則は拳で床を叩いたが、娘以上に困惑ぶりが顔に表れているため、迫力はまったくない。

「そう申されましても、わたくしも、いま仕事が終わったばかりでございます」

「仕事などしている場合か！」

「あいにくわたくしは、お父様と違って大騒ぎできない性質《たち》ですので。典侍の務めを優先いたしました」

嘘《うそ》ではない。ただ、父に報告しようなどという考えは、微塵《みじん》も浮かばなかったのが真実ではあるが。

それに、たとえあれがからかいではなく、本気の求婚だとわかっていたとしても、縁談なら父を通して申しこんでくれなどと言うつもりもない。睦子の筋を通さぬ結婚を認めた時点で、父への信用はめっきり減っている。

それにしても――わざわざ親を介してきたということは、源蔵人には、いま正式に結婚している妻はいないのだろうか。

「と、とにかく、おまえも承知していたなら、話は早い」

基則は、極めて冷静な娘の様子に、少々面食らったように目を瞬《しばたた》かせつつも、膝を打った。

「相手が源蔵人なら、悪くない縁談だ。近いうちに吉日を選んで、正式に話をまとめるぞ」

「……何故、悪くないと思われるのです？」

「んん？」

淑子が返した問いに、基則はいぶかしげな表情で顎のひげを引っぱる。

「悪くなかろう。『東宮の嫡子』だぞ？」

「その呼び方は、慎まれたほうが」

「む。……こ、ここだけの話だろうが」

「ええ。ですが、お父様が悪くないと判断された理由がそこにあるのでしたら、あまりよろしくはないかと」

「……別に儂は、中務卿宮が御位《みくらい》に就くとも、皇子たちがいずれどうにかなるかもしれないとも、思ってはおらん」

いくら周りに人がいないとはいえ、中納言ほどの立場でそういうことを口に出して喋《しゃべ》ってしまうのが、迂闊《うかつ》なのだ。淑子はまたも嘆息する。

どうしてこの父は、軽率なわりに出世欲が強いのか。

「お父様。……源蔵人様や東宮様とお近づきになれたとしても、お父様がいま以上に出世なさるのは無理ですよ。中納言で充分でございましょう」

「なっ!?　わ、儂の父は大納言まで上ったのだぞ？」

「おじい様はとても思慮深い方でいらしたでしょう。……とにかく、源蔵人様の御迷惑にならないようにしてくださいませ」

「待て待て。御迷惑とは何だ。おまえと結婚したがっているのは、向こうなのだぞ」

基則はまたも床を、今度は平手で叩いたが、やはり情けない音しかしなかった。

「話を受けるぞ？　よいな？」

「……それは、わたくしに決めさせてくださいませ」

「何だと？」

「お父様の関わる縁談には、いい思い出がございません」

「……」

娘の冷めたひと言に、基則は何ともいえない表情をする。

淑子は背筋を伸ばして、しっかりと父の目を見すえた。

「わたくしも、六年前とは違いますので。――自分の結婚は、自分で決めます」

……とは言ったけど、わたくし、結婚する気はなかったのよね。

翌日、内侍所で細々した雑用をこなしながら、淑子は考えていた。

そもそも、結婚にまつわる話にうんざりして典侍になったのだし、柊の典侍などと呼ばれるようになってからは、ますます結婚とは縁遠くなったと思っている。

典侍の職についていれば俸給があるので、生活には困らない。だから結婚する必要はないし、いずれ親に頼れなくなっても、兄や睦子を当てにしなくてすむのだ。

……だからって、絶対に結婚しないなんて、決めていたわけじゃないけど。

そこまで頑《かたく》なではないが、しかし、父が選ぶ縁談には、二度と乗るまいと思っている。何しろ最初に決めてきた相手が、婚礼前に同家の娘に手を出すような男だ。しかも宮中でこれほど色好みと評判だったのに、まさかそれを知らなかったわけではあるまい。高位高官の家との縁であれば、当人の素行はどうでもよかったのだろう。

今回のことにも、なるべく介入させたくないのだが。

……とりあえずお母様には報告して、お父様が余計なことをしないように、見張っていてもらわないと……。

あとはなるべく早く、自分で源蔵人に返事をしてしまうしかないのだが――

「……」

淑子は、片付けものをしていた手を止める。

源蔵人の人となりについての評判は、夏実に昨日頼んだばかりで、まだ聞けていない。だが聞けたとしても、それだけで求婚の返事を即答できるわけでもない。結局は自分で確かめるよりないのだ。

もちろん、いまは強いて結婚する気はないからと、断ってしまえば簡単だ。しかしこれを断ってしまったら、自分に求婚するような奇特な人は、もう二度と現れないかもしれない。

とにかく当座は、少し待ってほしいと頼むしかないか。

「――あの、失礼します。橘典侍さんはいらっしゃいますか……」

御簾の向こう、西廂から遠慮がちな声がした。一番近くにいた按察の内侍が返事をする。

「こちらにおいでよ。あなたは？」

「殿司《とのもりづかさ》の者でございます。あの……いま、燈台の油を足してまわっているのですが、弘徽殿と藤壺の方々が……私ども、勤めを阻まれまして、困っておりまして……」

「弘徽殿と藤壺？　……ああ、また喧嘩ね？」

按察の内侍が呆《あき》れた口調でつぶやいて、淑子を振り返った。部屋の隅でくつろいだ様子で座っていた宰相典侍が、声を立てて笑う。

「当てにされているわねぇ。こういうときは『柊の典侍』を呼べって、決まりでもできているんじゃないの?」

「……ちょっと失礼します」

笑いごとではない。淑子はのろのろと腰を上げ、御簾をくぐって西廂に出た。首をすくめて待っていたのは、幼くさえ見えるほどにまだ年若い女官だった。

「御足労おかけしてすみません……」

「弘徽殿ですか?」

「い、いいえ。清涼殿で……」

「ああ、黒戸《くろど》のあたりですね。……わかりました」

弘徽殿の揉めごとは、いささか珍しい。弘徽殿の女御は皇子こそ産んでいないものの、最も早くに入内しただけあって、女房たちも概《おおむ》ね冷静なのだが。

殿司の女官とともに清涼殿の北廂に行くと、そこには人だかりができていた。どうやらほとんどが弘徽殿の女房のようだが、弘徽殿の女御に仕える全員が出張ってきたのではないかと思える人数だった。

「……でしょう。日ごろからそう思っていなければ、そんな態度は……」

「言いがかりです。そもそも……」

昨日の麗景殿と承香殿のような罵り合いではないが、たしかに口論している。そして人が多すぎて、たしかに先へは進めなくなっていた。

これなら、それほど大声を出さなくてすむかもしれない。淑子は人だかりの外で、三度、音高く手を叩いた。

人だかりが、一斉に振り返る。

「何ごとですか。このように集まって」

淑子が声を張り上げると、人だかりの中に、柊の、柊が——などというささやきが広がった。

「——口出しは無用ですよ、橘典侍」

人だかりの真ん中あたりにいる女房の一人が、強い口調で言う。

「こちらの藤壺の女房どもが、弘徽殿の女御様を侮辱したのです。皇子がいるからといい気になって……」

「それが言いがかりだというのです。私どもは何も……」

「何を揉めているのか存じませんが、わたくしも、口出しをしに参ったわけではございません」

弘徽殿の女房よりさらに語気を強め、淑子は人だかりを見まわした。

「言い合いをしたければ、お好きなだけどうぞ。ですが、場所をわきまえて、どこか人の邪魔にならないような、広いところでやってくださいませ。何なら、そちらの庭にでも出られたらいかがです」

「……」

皮肉は通じたようで、人だかりの大半が淑子を横目でにらみつつ、廊を引き返して弘徽殿のほうへ戻っていく。残ったのは数人の、弘徽殿と藤壺の女房だけだった。

言ったとおり、もとより揉めごとの中身に干渉するつもりはない。殿司の通常の仕事ができるようになれば、それでいいのだ。淑子は恐縮した様子で何度も頭を下げている殿司の女官に軽くうなずき、踵《きびす》を返す。この程度ですめば、まだ楽なほうだ。

淑子がもと来た簀子を足早に戻っていると、途中の階《きざはし》の下あたりから妙に気どった調子の声がした。

「やぁ、相変わらず怖いもの知らずだね、柊の君は……」

「……」

うっかり足を止めて振り向いてしまったことを、淑子はすぐに後悔した。

階の下に立っていたのは、できる限り会いたくなかった鬱陶しい男――蔵人少将、藤原豊隆。

淑子は思いきり不快な表情をしてしまった自分の顔を隠すため、というより、相手のにやけた面相が視界に入らないようにするため、すかさず扇を広げた。

「久しぶりだね。知っているかな、私が蔵人少将になったこと……」

「存じております。御昇進おめでとうございます。では失礼いたします」

ぞんざいに返事をし、淑子は目いっぱいの早足で再び歩き出したが、豊隆も簀子に沿ってついてくる。

「つれないところも相変わらずだなぁ。蔵人と内侍司、せっかく近しい職になったんだ、ちょっと話をしないかい」

「急いでおりますので」

余計なことに駆り出されたが、そもそも仕事中なのだ。ついでに言えば、蔵人とてこの時間は仕事中のはずだが、こんなところでいったい何をしているのか。

「いま忙しい時期でもないだろうに。そうだ、今度、私が内侍所に顔を出そう」

「奏請でしたらしかるべき場所で承ります」

「蔵人になったばかりだからね。いろいろ教えてくれるだろう？」

「そちらのお仕事のことは、紀蔵人様や六位蔵人の皆様にお伺いくださいませ」

「ゆっくり話がしたいんだよ。何なら夜に、きみの局――」

ようやく簀子の端まで着いたところで淑子はぴたりと足を止め、豊隆に冷ややかな視線を向ける。

「妹は、元気にしておりますでしょうか?」

「……」

花のように麗しいと評判の、しかし淑子には薄気味悪くしか見えない微笑が、わずかに引きつった。

「元気でしたら、それでよいのですが。——では、わたくしはこれで」

言い捨てて、淑子はさっさと角を曲がった。

豊隆がそのまま進んでも、突き当たりには滝口の陣がある。どこかから廊に上がってこない限りは追ってこられないはずだ。

……何なの、まったく。

睦子の話を出されて言葉に詰まるくらいなら、声などかけなければいいものを。まっすぐな廊の途中で、念のため振り返ってみたが、さすがに追ってきてはいなかった。淑子は息をつき、ようやく歩みを緩める。

今後、伝宣でもあの調子なら、顔を合わせるのがますます憂鬱だ。あの男が伝宣を受けにくるときは、藤典侍か宰相典侍に頼みたいものだが、これまでも蔵人所の伝宣を受ける順番はまちまちで、六位蔵人が来るときもあるので、いつ出くわすかは本当にわからない。

　どうしたものかと思案しながら歩いていると、ちょうど別の廊と交差する角から、夏実が小走りで出てきた。

「あっ、と——橘典侍さん、ちょうどよかった」

「あら。今日はどこへ行っていたの」

「あちこちですよ。ほら、昨日の御用で」

「……」

　頼んでいた源蔵人の件か。

　夏実はするすると寄ってきて、声をひそめる。

「いま御報告します？　それともあとで？」

「……ちょっとこっちに来て」

　仕事中は仕事中だが、今日は急いでやることもない。

　淑子は内侍所のある温明殿に戻る途中の綾綺殿に入り、人がいないのを確認して、北廂の隅に座った。綾綺殿は御物《ぎょぶつ》を納めてある殿舎で、儀式や内宴などにも使われるが、普段は人がいない。

「昨日の今日で、もうわかったの？」

「だいたいは。まぁ、誰から聞いても、評判が同じなんですよね」

「どんな？」

「何の面白みもない堅物」

「……」

淑子は思わず、目を瞬かせる。

たしかに、いかにも生真面目そうではあったが。

「昨日の今日ですけど、結構あちこちで聞けたんですよ。でも、みーんな同じような内容で」

夏実は天井を見上げ、腕を組んで話し始めた。

「まず言われるのが、とにかく真面目。これまで兵部少輔《ひょうぶしょうゆう》や左兵衛佐《さひょうえのすけ》の職に就かれてたらしいんですけど、きちんとしてるし、誰にでも公平だし、変に偉そうにもしないしって、仕事の評判はとにかくよかったです」

「……そうなの」

「ただ、遊ぶほうはさっぱりみたいで。宴席に呼ばれてもほとんど喋らないし、自分からは歌を詠もうともしないし、女の人とも話さないし、人の冗談にも笑わないし、お酒もあんまり飲まないし、頼まれたらちょっと琵琶《びわ》を弾《ひ》く程度で、あとは隅っこでじーっと座ってるだけで、いても全然盛り上がらないからって、滅多《めった》にそういう場に呼ばれないんだそうですよ」

なるほど、それで「面白みのない堅物」なのか。もっとも酔っ払って醜態をさらすよりは、よっぽどいいと思うが。

「人となりはわかったわ。それで、えぇと……北の方は？」

「いないみたいですよ」

「えっ？」

「結婚してないんだそうです。一度も。どうしてなのか、そこまではちょっとわからなかったんですが。結婚はしてないけどあちこちの女の人のところへ通ってるとか、稚児《ちご》遊びしてるとか、そういうのもないっていう話ですよ。まぁ、堅物なので」

「そう……」

父を介してきた時点で、もしかしたらいまは正式な妻がいないのかもしれないとは思ったが、まさか一度も結婚していなかったとは。

「そのあたり、もっと調べます？」

「……そこまではいいわ。ありがとう」

「じゃ、こんなところですね」

夏実は首をすくめ、それから思い出したように、両手を小さく打ち合わせた。

「そうそう。あと、主上とたまに碁を打っておいでだそうです」

「主上と？」

「何か、主上が碁の相手をしてほしいって、お召しになるんだそうですよ。ほんとにときどきみたいですけど」

帝と源蔵人は従兄弟の間柄だ。何かしら交流があっても、不思議はない。

とにかく、これで源蔵人の人となりは概ねわかった。淑子は懐から紙に包んだものを取り出して、夏実に渡す。

「早く調べてくれて、助かったわ。これ、使って」

「はい？　……あ、櫛。うわ、いいんですか？　これ上等なのですよね。昨日も菓子いただいたのに」

「いいわよ。櫛は毎日使うし、あって困らないでしょ」

夏実のことだから、昨日の木菓子はほとんど源蔵人の情報集めに使ってしまったに違いなかった。夏実がこういうときのために、日ごろからあちこちで菓子を配りつつ世間話をして、人脈を広げているのは知っている。

幸い櫛は夏実の気に入ったようで、上機嫌な様子でしばらく眺めてから、大事そうに懐にしまっていた。

「いろいろ聞くついでに、あたしもちょっと顔を見てきましたけど、見た目も面白みのない堅物そのままですね」

「……まぁ、そうね」

なかなかひどい言いぐさだが、あいにく、たしかにそのとおりだったので、否定はできない。調べるまでもなかったかもしれないほど、生真面目さは面《おもて》に表れていて、たぶん誰に対しても、あんなふうに堅い態度なのだろう。

「でも、声は……よかったわよ」

自分が着ている衣の袖口——薄色、黄、萌黄《もえぎ》、紅の色の連なりを、何となく見つめながら、淑子はつぶやいた。

宴に呼んで、少々琵琶を頼むくらいなら、歌を頼めばいい。催馬楽《さいばら》でも朗詠でも、あの声で歌えば、きっと素晴らしく聞こえるだろうに——

「……ふーん……」

はっと顔を上げると、夏実がにんまりと笑っていた。

「な、何よ?」

「いえいえ、別に。また何かあれば、いつでもどうぞ」

夏実はにっこりと笑い、先に戻りますと言って、綾綺殿から出ていく。それを見送ってから、淑子も腰を上げた。

面白みのない堅物。……はたして結婚していいものだろうか。いや、不真面目よりは、はるかにいいと思うが。

人となりはわかったが、何故いままで結婚していないのかということは気になる。断ってしまったが、やはり夏実に、もっと詳しく調べてもらうべきだっただろうか。それとも、本人に直接尋ねてしまうほうがいいのか——

考えながら、温明殿に入ろうとすると、後ろから重く引きずるような衣擦《きぬず》れの音が近づいてきた。振り返ると、伝宣に行っていた藤典侍が、大儀そうに大きな体を揺すりながら戻ってきたところだった。

「おかえりなさい、藤の君」

「はぁ、疲れた……。橘典侍、ちょっと仕事よ」

「はい？」

「今度、更衣《こうい》が一人増えるんですって。宣耀殿《せんようでん》に局を置くらしいから、掃司と殿司に場所を整えておくようにって、指示しておいてちょうだい」

「ああ……はい、わかりました」

「それから、次の月奏《げっそう》のことだけれど――」

次々と用事を言いつけられ、淑子はひとまず、源蔵人のことは頭の隅に追いやるしかなかった。

忙しくなかったはずが、藤典侍に仕事をすべて押しつけられて、淑子は一人、内侍所に残っていた。途中まで掌侍たちも手伝ってくれたが、年長の四人に昼を過ぎても付き合わせるのは気が引けて、あとは自分でやるからと、先に引きあげてもらった。ちなみに藤典侍と宰相典侍は、とっくに退出している。

こういうことはよくあるので、淑子は一人のんびりと仕事を片付けていた。

三月末になり、すっかり日も長くなった。温明殿は内侍所がある身舎の東側の半分以上を塀に囲まれているため、外が明るくても、あまり日当たりはよくない。だから一人でいるときには、文机を東廂に出して、少しでも手元が明るくなるように、外に塀のないところに座って仕事をすることにしている。

藤典侍がいつも使っている三枚重ねた円座の上では、鼠避《ねずみよ》けに内侍所で飼っている白い猫が、丸くなって眠っていた。格子を上げたところから、ときおり風が吹きこんでくる。

頼まれた仕事の最後の書きものを終えて、淑子が筆を置くと、白猫が頭を上げて、小さくひと声鳴いた。

「終わったわよ、白《しろ》の内侍《ないし》。……わたくしもたまには、あなたみたいに一日寝ていてみたいわね」

淑子は微苦笑を浮かべて立ち上がり、開け放した格子から外を見た。乾いた風が、心地いい。

するとふと視界の隅を、深緋の色がかすめた。

「……」

いる。塀の陰に。深緋色の袍を着た誰かが。……あれは。

「源蔵人……様？」

はっきり顔がうかがえたわけではなかったが、昨日、伝宣のときに階の上から見た姿と似ていた気がした。淑子は思いきって、呼びかけてみる。

すると、一拍遅れて、源蔵人がのそりと全身を現した。——やはり、そうだった。

「……どうも」

「どうしてここに……」

「あなたがいるのではないかと思って」

「……」

たしかにいたが、源蔵人は、いったいいつからここにいたのだろう。

「すみません、いろいろやることが残っておりましたもので、気づきませんで……」

「いえ。私が勝手に待っていただけですので」

源蔵人はそう言って、何か躊躇するかのように、微かに視線をさまよわせた。

「……橘典侍」

「はい？」

「時間が空いたらで構いませんので、少し尋ねたいことがあるのですが」

「え。あ、はい。……あの、もう仕事は終わりましたから、どうぞ、お上がりになってください。そちらにまわっていただいて……」

「入っても差し支えないですか」

「大丈夫です。いま、わたくししかおりませんので」

淑子は手で方向を示して、急いで文机を片付ける。一度は円座から下りた白猫が、淑子に遊んでもらえなそうだと見るや、再び円座に飛び乗った。

文机をもとの位置に戻して、淑子が西廂のほうへまわると、源蔵人も北側の土廂《つちびさし》を通って、西廂への階を上がってきた。そのまま入ってくるかと思いきや、源蔵人は階を上りきったすぐのところに腰を下ろしている。

「もっと奥へお入りになっても……」

「そちらにあなた一人だけでしたら、遠慮します」

なるほど、堅物だ。淑子はそっと微笑し、廂とのあいだに下ろした御簾のすぐ際《きわ》に座った。

「では、ここでお話ししましょうか。……それで、わたくしに尋ねたいこととは、何でございますか」

こちらも訊きたいことは幾つもあるが、それはあとにするしかない。淑子が促すと、源蔵人は半身で淑子のほうを向き、抑え気味の声で言った。

「今朝、橘中納言どのに、昨日の求婚の返事はあなたに直に確かめてほしいと言われました。それで間違いありませんか。……橘中納言どのは、自分は良縁だと思っていると、申されましたが……」

「それは――はい、間違いございません」

やはりいい声だと思いながら、淑子は返事をする。

「正直に申しまして、驚きました。まさか、父にまでお話しなさるとは思っておりませんでしたので」

「いえ、本来なら、まずお父君である橘中納言どのを通して、縁談を申しこむべきでした。先走ってしまい、申し訳ない」

「わたくしは、むしろ先にわたくしに仰《おっしゃ》っていただけて、よかったと思っています」

「……そうですか？」

「ええ。ですから、わたくしも自分からお返事したいと思いまして、父にもそうさせてほしいと頼みました」

頼んだというよりは、押しきったのだが。

すると、御簾の向こうの気配が、微かに緊張したようだった。

「……では、返事をいただけるのですね。あなたから」

「あ」

しまった。これではいますぐ求婚の返事をしなければいけないような流れだ。淑子は慌てて、身を乗り出す。

「あの、そのことですが。……お返事は、わたくしからします。ですが、よろしければ、少しお時間をいただきたいのです。源蔵人様とは、昨日初めてお話ししたばかりですし……」

「ああ、そうですね」

納得したのか、源蔵人はうなずいた。

「わかりました。返事はあなたの心が決まるまで待ちます」

「すみません。ありがとうございます」

「いえ。……たしかにあなたにとっては、急だっただろうと思います」

「……」

つまり、源蔵人にとっては、急ではなかったということだ。

「あの——源蔵人様。源蔵人様は、いったい、いつわたくしに求婚しようなどと思われたのです?」

思いきって尋ねると、源蔵人は淑子のほうにちらりと視線を向け、だがすぐに目を逸《そ》らしてしまった。

「……本当は、もう少しあとにするつもりでした。せめて何度か、顔を合わせてからにしようと考えていたのですが」

「それは……もっと以前から、いずれはわたくしに求婚するつもりだったと?」

「はい」

簡潔な返事だったが、簡潔すぎて疑問は何も解消されていない。

「ですから、いつなんです？」

「三年……いや、四年ほど前……」

「――えぇ？」

うっかり大きな声を出してしまった。

しかし自分の声より、源蔵人の言葉のほうが、はるかに驚きだ。

「あの、そんなに前なんです？　三、四年も？」

「それぐらい前だったはずです」

「……」

御簾越しに見る限り、源蔵人は特に表情を変えることなく、淡々と語っている。

淑子は額に手を当てて、一度、深く息を吸って吐いた。

「源蔵人様。……わたくしは典侍になって五年ですが、これまで一度も、源蔵人様と近くでお目にかかったことはないと存じますが」

「そうですね」

「それで何故、わたくしに求婚しようなどと思われたのです？　それに、そう思われたのでしたら、どうしてこれまで、わたくしに声をかけるなり文を寄越すなり、されなかったのですか？」

話せば話すほど疑問が増えてくるとは、どういうことだろう。

矢継ぎ早に尋ねると、源蔵人は顔を上げ、ゆっくりと淑子に目を向けてきた。

「……話したことはありませんが、私は、あなたを見ていましたので」

「え」

「もちろん、それほど頻繁に姿を見られたわけではありませんが。……それで、見ているうちに、あなたと結婚できたらいいと、考えるようになりました」

「……はぁ」

この時点で、また訊きたいことが増えた。いったい自分のどこを見て、そんな考えに至ったのか。だがそれを尋ねる前に、源蔵人が話を続けてしまった。

「ただ、声をかけたり文を送ったりしなかったのは、あなたにとってはわずらわしいことなのではないかと思いまして」

「えぇ？　いえ、そんなことありませんよ。わずらわしいなんて……」

淑子はそう答えたが、源蔵人はまた顔を背けてしまう。

「私は気の利いた話はできませんし、文を出そうとしても、つまらないことしか書けないのです。昔から苦手でして」

「……わたくしだって、そんな気の利いた話なんて、したことありませんけど……」

しかし、話しているうちに何となくわかってきた。

この源蔵人、どうも言葉が少しずつ足りないのではないか。

面白みがないというのは、つまり口下手だからで、それは気の利いた話云々《うんぬん》以前の問題である。そして言葉が足りないから、なかなか疑問が解消されない。

……どうしたらいいの、これ。

淑子は顋に片手を当ててうつむき、考えこんでしまう。

口下手ではあるが、きっと悪い人物ではない。結婚まで望んだ相手に文ひとつ出さず何年もそのままというのもどうかと思うが、逆にいえば相手に気をもたせるようなことは何もしていないのだから、いつ求婚しようと、それは本人の勝手だ。恐ろしく気が長いだけで、こちらが迷惑をこうむったわけでもない。

悪い人物ではないのだ。だが、すんなり求婚を受け入れられる決め手もない。

淑子が考えこんでいるあいだ、沈黙も続いていた。源蔵人が自分から何か話し始める気配はない。そろそろこの沈黙が気まずくなって、何か言葉を発してもよさそうな頃合いだったが、源蔵人は身じろぎすらしなかった。

……さっき、返事に時間がほしいと言ってしまったの、まずかったかしら。

どうやら源蔵人は、こちらが話せばそれに対する返事はするが、自分からはあまり語らない性質のようだ。だとすると、先ほどの会話のように疑問が次々生じた場合、すべてが解消するには、かなり時間がかかることも考えられる。そのために今後何度も会うことになったら、そのあとで求婚を断るというのは、かえって悪いような気がした。

何かもっともらしい理由をつけて早々に断るか、結婚する覚悟で今後も会う約束をするか——どちらかしかない。

そこまで考えて淑子が顔を上げると、いつのまにか源蔵人の視線がこちらに向いていた。御簾を隔てて、はっきりと目が合う。

「……」

考えていたことが。

風に花びらがはらはらと散るように、すべて、頭からこぼれ落ちていた。

その表情は、何といえばいいのか——祈り、あきらめ、慈しみ、哀《かな》しみ——それらのどれとも思えるような、しかし、どれにあてはまるのかは皆目わからない、そんな面持ちだった。

話しても、話していなくても、謎が増えていく。

やがて源蔵人は、座ったまま体を淑子のほうに向け直し、きちんと頭を下げた。

「遅くまで仕事で疲れているところを、押しかけて申し訳ない。……しかし、逢《あ》えてよかった」

「……」

「私の奏請は、三と、五と、九のつく日に決まっています。もし、あなたが今後私と顔を合わせづらいとお思いなら、その日は避けてください。……では、私はこれで」

源蔵人が腰を上げた、その衣擦れの音で、淑子は我に返る。――まだあった。どうしても訊きたいことが。

「……源蔵人様！」

御簾をはね上げ、淑子は半分、外に身を乗り出した。

「もうひとつだけ教えてくださいませ。……源蔵人様は、わたくしが柊の典侍と呼ばれているのを、御存じでございますか」

まるで怒っているかのような、厳しい口調になってしまった。振り返った源蔵人の目に映ったのも、険しい表情だったはずだ。

だが源蔵人は面食らうでも眉をひそめるでもなく、下りかけていた階を戻ってきて、淑子の前に片膝をついた。

「その呼び名は、聞いています」

「……そう呼ばれるわけも御承知で、求婚なさったのですか」

「はい」

また、それだけで会話が終わるかと思いきや、源蔵人はいつもの生真面目な顔で、ひと言、付け加えた。

「承知しています。……柊の葉の棘《とげ》は魔を祓《はら》い、花はとても美しく、よく香るということを」


顔を合わせづらいと思ったら避けるようにと、わざわざ教えてくれたうちの、五のつく日は、まさに翌日だった。

自分が急に考えこんだものだから、求婚の断り方に悩んでいるとでも思ったのだろうか。……いや、たしかにそれも間違いではないのだが、源蔵人自身がそう早とちりしなくてもいいだろうに。

それに、源蔵人の奏請が三、五、九の日だと決まっているということは、そのときは確実に藤原豊隆と顔を合わせずにすむということだ。たとえ源蔵人と会うのが気まずくなることがあろうと、顔を見たくないのは圧倒的に藤原豊隆のほうなので、この順番を逃す選択は、淑子にはなかった。

　そんなわけで、本来は宰相典侍の番だった伝宣の交代を頼むと、もとより面倒くさがりの宰相典侍は、理由も訊かず喜んで譲ってくれた。

　清涼殿へ出向くと、今日は伝える宣旨は特にないということだったので、淑子は弁内侍とともに、鬼間で奏請の時間まで待機する。

「今日は、どうされたのですか。急に宰相典侍に代わってほしいなどと」

「……あ、それは――」

　弁内侍に尋ねられ、淑子は一瞬迷ったが、正直に話すことにした。

「あの、源蔵人様が奏請に来られるのが、三と五と九の日だと伺ったもので。それが源蔵人様の番なら、その日は間違いなく蔵人少将様は来ないということでしょう？」

「そういうことでしたか。……本日は二十五日でしたね」

　弁内侍は納得したようで、ひとつうなずく。淑子のかつての破談の件は、もちろん弁内侍も知っているので、この説明で充分伝わったはずだ。

「五位の蔵人が一度に二人入れ替わるのは、初めはいかがなものかと思いましたが、源氏のあの方でしたら、立派にお勤めになるでしょう」

「弁内侍さん――源蔵人様のこと、御存じなのですか？」

思わず勢いよく弁内侍のほうを向いてしまったが、弁内侍は特に驚く様子もなく、再びうなずいた。

「妹が、中務卿宮様……東宮様に女房として、長年お仕えしておりまして」

「弁内侍さんの、妹君が？」

「はい。ですので、妹から源氏の若君のことは、折に触れて聞いておりました」

まさかこんなに身近な人から、源蔵人のことを耳にするとは。もしかしたら「面白みのない堅物」以外の話が聞けるかもしれない。

「……どんな方なんですか？　源蔵人様って……」

淑子はつとめてさりげなく問うてみる。

「もとより真面目なお人柄ではありますが、ずっとお父君が東宮におなりかもしれないというお立場でいらしたので、若君も自然と御自身の難しい境遇を御理解されて、常に身を律し己に厳しくあるようにと、お育ちになったとか」

「……難しい、境遇……」

「大きな声では申せませんが、先の帝のお子様たちは、皆さまお体が丈夫ではございませんでしたので。主上は御無事で御成長されましたが、二十年ほど昔は、いずれは中務卿宮様のお血筋に御位が移るのではないかと、ささやく者も多うございました」

大きな声ではと言ったとおり、弁内侍は息をひそめるようにそれを語った。

「それは……さぞ宮様も源蔵人様も、お困りでしたでしょうね……？」

「ええ。宮様は、そのような不吉な噂は言語道断と仰り、早いうちに若君が元服後に臣籍降下なさることを公言しておいででした」

ささやくよりはもう少し大きいが、まだ小声で、弁内侍が話す。

「周りがあれこれ噂するもので、源氏の若君はかえって寡黙になってしまわれたと、妹は嘆いておりました。口数少なく、あまり人と交わることもせず、ひたすら勉学にはげんでおいでのお子でいらしたと……」

「……」

口下手なのは――言葉が少しずつ足りないのは、過去の事情のせいなのだろうか。

そのとき、陰陽寮が時を知らせる太鼓が聞こえた。

「あ。……そろそろでしょうか」

「左様でございますね」

「……それじゃ、いってきます」

弁内侍を鬼間に残して、淑子は簀子に出る。

いまは――どうなのだろう。

中務卿宮はまだ東宮だが、いずれは三人の皇子の誰かがそれを継ぐ。「東宮の嫡子」という立場ではあるが、いま本気で中務卿宮の血筋に御位が移るなどと考えている者はいないはずだ。

いろいろささやかれた時期を過ぎて、少しは気が晴れただろうか。

……少し、わかるわ。

婚約が壊れて陰であれこれ言われたときが、自分にもあった。

もちろんそれは家の中の狭い範囲、あるいは宮中に上がってしばらくの一時のことで、源蔵人と比べるべくもないが。

そういえば、あのころは自分も無口になっていた。必要なこと以外、自ら口にしなかった。

淑子は殿上の間を通り抜け、戸を開けて小板敷に出た。さっと風が吹き抜ける。

庭先に深緋色の袍が見えて、淑子は声をかけようとした。

「源……」

「――やぁ、これは柊の君」

「っ……！」

淑子は思わず、一歩飛びのいた。

二十五日だ。五のつく日ではないか。何故ここにいるのか。

「な……源蔵人様は……」

「虫の知らせで、今日はきみの番なのではないかと思ってね。やはりそうだったな」

いや、本来は宰相典侍の番だったのだから、それは虫の勘違いだ。

はずみで閉まってしまった背後の戸にへばりつくように下がって、淑子は苦々しい顔を隠すことなく、藤原豊隆をにらんだ。

「本日は、奏請はおありですか」

「そんなことより、聞いてほしい話があるんだ。近ごろの睦子は怒ってばかりでね。あんなに怒りっぽい女だったとは、騙《だま》された気分だよ。やはり、あのままきみと結婚すべきだったたと――」

「奏請がないのでしたら、これで失礼いたします」

憐《あわ》れみを誘うような口ぶりで話す豊隆にそう言い放つと、淑子は体を反転させて、戸を開けようとする。

だが豊隆はいきなり手を伸ばしてくると、淑子の袖を大げさな動作で摑《つか》んだ。

「ちょ……」

「ああ、待っておくれ。私を見捨てないでほしい。今度こそやり直して……」

「離してください！　こんな馬鹿なことをやっていれば、睦子だって怒るに決まっているでしょうよ！　ちょっと、離して――」

　このままでは袖が破れてしまうと思ったそのとき、深緋の色がもうひとつ、視界に飛びこんできた。

　袖を摑んだ腕をひねり上げられ、淑子から引《ひ》き剝《は》がされた豊隆は、痛みに叫びつつ慌てて源蔵人の手を振り払い、後ろにある格子ぎりぎりのところまで逃げる。

「……いったい何をしている、蔵人少将」

　落ち着いた口調ではあるが、はっきりと怒気を含んだ源蔵人の声に、豊隆はひねられた腕を押さえながら、引きつった笑みを浮かべた。

「いや、何って、無粋なことを訊くものだね。私は……」

「猫を捜しにいくと言って出かけたと聞いたが？」

「あぁ、まぁ……」

「ここには猫はいないようだし、他所を捜したらどうか。私はこれから奏請がある」

「……ああ」

　引きつった笑みはそのままで、しかし短く鼻を鳴らして、豊隆は踵を返す。

　門から外に出た足音が遠ざかり、聞こえなくなって――淑子はへなへなと座りこんだ。源蔵人がそれに気づいて、小板敷を上がってくる。

「大丈夫ですか、橘典侍」

「あ、はい……。ありがとうございます……」

大きく息をつき、淑子は顔を上げて源蔵人を見た。

「……源蔵人様の番なんですよね？　五のつく日……」

「そうです」

聞き間違いではなかった。

「そう伺ったから、順番を代わってもらったのに……何で少将様がいるのかと……」

まったく油断も隙もない。何だってあの男は、いつも予想外のところから出没するのか。そう思いながらつぶやくと、源蔵人の目がわずかに見開かれた。

「私の番だとわかっていて、わざわざ今日、ここへ来たのですか」

「え？　はい、そうですけど……」

「……」

源蔵人は、何故か途惑ったような表情をしている。

そういえば、そもそも源蔵人は、顔を合わせづらければ避けるようにと、自分の奏請の順番を教えてくれたのだった。

……避けたいなんて、思っていないわ。

むしろ藤原豊隆を避けるために、源蔵人の予定に便乗してしまったわけだが、それをあえて本人に伝える必要もないだろう。

「できるだけ早く源蔵人様にお目にかかろうと思って、宰相典侍に代わってもらいました」

「……それは……」

「だって、昨日、次にいつどこでお会いできるか、伺えませんでしたから」

顔を合わせない前提で話していた源蔵人は、もしかしたら、もう求婚は断られるものだと、昨日の時点で覚《さと》ったのかもしれない。……それはそれで、早合点が過ぎると思うが。

あいにくこちらは、まだ結論を出していないのだ。

源蔵人と、もう少し話してみたい。足りない言葉の中から、それでも何か、拾えるものがあるのではないか。そんな気がする。

源蔵人は、また困惑しているように見えた。求婚しておきながら、そんなに自信がなかったのだろうか。

「……次、というのは……」

少々かすれていても、やはりいい声だ。

「昨日は内侍所でお目にかかりましたが、わたくしもそうそう居残ってはおりませんし、何より落ち着きません。よろしければ、わたくしの曹司《ぞうし》に来ていただけますか」

「……あなたの？」

「わたくしが蔵人町屋に出向くわけにはいきませんでしょう？」

「それは……そうですが」

低い声でつぶやき、源蔵人は、淑子の表情をじっとうかがう。

「……あなたの迷惑にならないのでしたら、行きます」

「迷惑なんかじゃありませんよ。迷惑だと思うなら、初めからお招きいたしません」

即座に返事をして、淑子はにっこりと笑ってみせた。

「あなたのお話を聞かせてください。――源蔵人様」

第二章
別れむことをかねて思へば

梨壺は後宮の殿舎のひとつで、南北ふたつの身舎があり、内侍所のある温明殿とは南舎が渡廊《わたりろう》でつながっている。東宮の御所になることもあるが、いまの東宮が宮城外の自邸で暮らしていることから、現在の梨壺は女官たちの曹司として使われていた。

淑子も梨壺に曹司が与えられており、東廂の最も南の角を寝起きの場にしている。その曹司に来てくださいと、源蔵人に場所を教えたのが、奏請で顔を合わせた二十五日のこと。蔵人所の仕事が終わればその日のうちにも来るかと思いきや、源蔵人が淑子の曹司を訪ねてきたのは、二十七日の昼過ぎだった。

「お仕事、お忙しかったですか？」

淑子が尋ねると、御簾の向こうの簀子に座っている源蔵人は、律儀に頭を下げた。

「すぐに伺えず、申し訳なかったです」

「あ、いえ。そんな、謝らないでください。日時までは決めていなかったんですし」

「もっと早くに伺うつもりでしたが、蔵人所で飼っていた猫が一匹、逃げまして」

「……猫が？」

典侍は女官の中でも高位のため、淑子の局は広めに場所をとられており、両隣りの曹司とは幾らか距離がある。したがってことさら声をひそめなくてすむのだが、源蔵人はそれでも、少し抑え気味にしゃべっていた。

「まだ子猫だったので、つないでおいたのですが、蔵人少将が紐《ひも》を解いてしまいまして。逃げたままいまだ帰らないもので、猫を特に可愛がっていた六位蔵人の中原どのが、非常に心配しております」

「……まぁ……」

「それで皆で手分けをして捜しているため、そちらに人手をとられてしまい、仕事が滞り、こちらに来られませんでした」

あの男は、仕事場でも迷惑をかけているらしい。

「それで、猫は見つかりましたか？」

「いえ、まだです。中原どののためにも、早く見つけたいのですが」

「どんな猫です？」

「全身が白いのですが、後ろ足の先だけが、ちょうど沓を履いたように黒くて、中原どのは『沓姫《くつひめ》』と呼んでいました」

姫ということは、雌の子猫か。それだけ特徴があるなら、見かければすぐにわかるだろう。

「わかりました。わたくしも内侍所の外を歩くときには、気をつけて見ておきます」

「よろしくお願いします」

源蔵人は、また律儀に一礼する。

「でも、わたくしが捜すより、猫に直接訊いたほうがいいかもしれませんね」

「……どういうことですか」

「えぇと、そこ——」

淑子は南庭に面した御簾を持ち上げてその下をくぐり、簀子に上体を乗り出して外を指さした。すぐ前にいた源蔵人が驚いたように、少し身を引く。

「ちょうどここの前に、門があるでしょう。あ、源蔵人様も、さっきそこから入られました？」

「……はい。入りました」

源蔵人は体をひねって後ろを振り返り、うなずいた。梨壺の敷地は築垣《ついがき》に囲まれており、南側に門がひとつ作られている。

「そこの門の脇の地面が少し窪《くぼ》んでいて、雨が降るとよく水たまりができるんですけど、その水を飲みに、あちこちから猫が集まるんですよ」

「……あちこち」

「後宮で飼われていて、つながれていない猫たちです」

そう淑子が話すと、源蔵人は淑子のほうに向き直り、それは――と言った。

「そこに水を飲みに来る猫の中に、逃げた猫がいるかもしれないということですか」

「蔵人所とここは、ずいぶん離れていますから、沓姫がここまで来られるかどうか、わかりませんね。でも、必ず来る猫が何匹かいますから、沓姫を見かけたら蔵人所へ連れていくように頼みます」

「……」

源蔵人の明らかに途惑っている様子が面白くて、淑子はその表情がよく見えるように、立ち上がって御簾を巻き上げた。どうせ初めから、顔をさらしているのだ。

「後宮には、賢い猫がたくさんいるんですよ。たとえば――」

御簾を上げてから、淑子は源蔵人の前に座り直す。

「清涼殿で主上に飼われている三毛《みけ》の命婦《みようぶ》ですが、気安く触るととても怒るのですけど、わたくしどもや女房たちの仕事は、絶対に邪魔しませんね。物わかりがよくて、この時間は部屋に入ってはいけませんと言えば、次から入ってきません。それと弘徽殿の虎《とら》の大臣《おとど》や、藤壺の八丸《はちまる》、麗景殿の鞠《まり》の君《きみ》などもよくここに来ますけれど、他の猫と鉢合わせしても、決して争いません。場所を譲り合います」

「……それは、猫同士のほうが、飼い主たちよりも親しいということですか」

「そうですねぇ。飼い主同士も見習ってほしいものですけど」

源蔵人の耳にも、後宮の揉めごとの話は届いていたようだ。淑子は源蔵人の言葉に笑って同意する。

「中でも一番賢いのは、梅壺の王女御様《おうのにょうご》が飼っておいでの、乾の衛士《いぬいのえじ》だと思います」

「勇ましい名前ですね」

「雌なんですけどね。この猫も三毛で、とにかく歩きまわるのが好きで、昼夜構わずあんまり歩くので、そのうちいなくなってしまうのではないかって、梅壺の女房たちが心配して、いちいち見張りをつけていたらしいです。けれど賢いから必ず帰ってくるし、絶対に他所の女御様の殿舎には入りません」

「……わきまえているのですか」

源蔵人は、素直に感心したように言った。

「ええ。それでも見張りはつけていたようですが……一年か二年くらい前に、いつも見張りをしていた女房が結婚して、滅多に出仕しなくなってしまってからは、もう好きに歩かせているんだそうです。だから乾の衛士なら、沓姫のことを知っているかもしれません」

「ここへ来るのですか。その、乾の衛士は」

「ほとんど毎日来ますよ。主に夜ですけど。今夜にでも訊いてみますね」

「……」

源蔵人はまだ少し面食らっているように、ゆっくりと目を瞬かせたが、ふと、穏やかな表情になった。

「さすがですね、橘典侍は。猫のことにまで、日ごろから目を配っているとは」

「それは……たまたま、この庭に猫が集まるからですよ」

何となくくすぐったい気分になり、淑子はちょっと首をすくめる。

「それより、あの、いまは仕事中ではないですし、橘典侍……でなくても」

「……呼び方ですか？」

「あの、ええ、でも、他に呼びようもないかもしれませんけど。わたくしも、源蔵人様とお呼びしていますし」

ここでも律儀に橘典侍、と呼ばれると、少々堅苦しい気がしたのだが——しかし、それこそ結婚もしていないのに淑子と呼ばれるわけにもいかないし、そうかといって適当な愛称もない。あるのは柊の典侍という、ありがたくないあだ名だけ。

そういえば、藤原豊隆が柊の君などと言っていたが、あれも大概、失礼だ。

「……では、姫君と呼んでも構いませんか」

「え」

姫君――

「やはり、それは嫌ですか」

「い、いいえ！　そうじゃありません。あの、久しくそんなふうに呼ばれていなかったもので……」

実家にいたときは女房らに、姫様とか姫君とか呼ばれていたが、もはや遠い過去のことだった。

源蔵人は安堵したのか、わずかに目を細める。

「では、姫君」

「……は、はい」

しまった。この声に姫君などと呼ばれてどんな心持ちになるか、まったく考えていなかった。

「私のことも、何か別の呼び方をしてくれませんか」

「え。……え――……」

「もちろん奏宣のときは、源蔵人で構いませんので」

「……えぇと……」

源蔵人について知っていることなど、名前と官位くらいのものだ。住まいの場所は知らないし、世間で呼ばれているあだ名のようなものも、「東宮の嫡子」以外は聞いたことがない。だが、まさか「東宮の嫡子」にからめた呼び名を考えるわけにもいかないし、官位がらみでは結局、源蔵人と違いはない。残るは名前しかないではないか。

「……誠明、様？」

おそるおそる名を口にすると――源蔵人は、いつもわずかにしか動かない、変化にとぼしい表情の中で、これまでで一番、明るい顔をした。

「あの、よろしいのですか、お名前で……」

「構いません」

口調も、心なしか力強いような。

淑子はゆっくり首を傾げ、あらためて源蔵人――誠明の表情をうかがう。

視線は下向きで、こちらと目を合わせようとはしないが、先ほどより頬《ほお》が紅潮して見えた。

「……では、誠明様」

「はい」

「わたくしのどこを気に入って、求婚しようと思われたのです？」

「……」

誠明が一瞬だけ視線を上げ、すぐにまた目を伏せる。

「何か気に入ったところがあったから、求婚をお考えになったのですよね？」

訊きたいことはできるだけ端的に、慌てず、ひとつずつ尋ねていけば、疑問が増えることはないのではないか。それが誠明の来訪を待つあいだに考えた、たまった疑問を解消する方法だった。

まずは一番知りたいことを、まわりくどい訊《き》き方《かた》はせず、そのままに。

「……それは」

「はい」

「あなたの、やさしいところが」

「……やさしい」

淑子は思わず復唱する。

意外だ。自分への評価の中で、「やさしい」は最も遠いと思うのだが。

「どういうところを、やさしいと思われたのです？」

「あなたが下の者たちに、とてもよく気配りをしているところです」

「……」

誠明の目は床を見つめたままだが、口調はきわめてはっきりとしていた。

「気配り……しているように、見えました……？」

「私は蔵人に任じられる前、四年ほど左兵衛佐の職にありました」

「……はい」

「兵衛府《ひようえふ》の管轄は内裏の外から大内裏の内ですので、役目で内裏内を巡回することはないのですが、夜間の警備のときの私の宿所が、ちょうど宣陽門の脇にありました。そこはもともと左兵衛督の宿所なのですが、同じ時期に左兵衛督の職にあった参議が別の場所を宿所としていたため、私が使わせてもらっていまして」

「……存じませんでした。そんなに近くにおいでだったなんて……」

宣陽門は温明殿の東側にあり、内侍所の北の廂に出れば、たしかにすぐ近くに衛府の詰所が見える。しかし内侍所の中にいたら、東側の塀に視界を遮られているので、仕事中は宣陽門も詰所も目には入らない。

「あなたは気づかなかったと思います。気づかなくて当然です。私が見かけるときのあなたは、いつも忙しくしていましたから」

低い、穏やかな声で、誠明は静かに語っている。淡々と話してはいるが、その様子には、どこか決意めいたものが見えていた。

「巡回の前後の少し時間が空いたときに、宿所を出て、付近をぶらぶら歩いていました。……あなたの姿を見られたのは、十回のうち一回あるかないか……本当にまれなことでした」

「……」

「初めて見たとき、あなたは内侍所から出てきて、外を通りかかった女孺か誰かに、このあいだはありがとう、と声をかけていました。内侍司の女官がわざわざ下の者に礼を言うために出てくるものかと、正直、驚きました」

たしかに、藤典侍や宰相典侍が女孺に礼を言うところは、自分も見たことがない。

「次に見かけたときも、あなたはやはり、わざわざ外に出て、通りすがりの樋洗に、もう具合は大丈夫なのかと声をかけていました。……それで気づいたのです。あなたにとって、目下の者をいたわるのは、ごくあたりまえのことなのだと」

「それは……」

今度は淑子のほうが、下を向いてしまった。

「……わたくしは、あの子たちがいなければ、きっとすぐに典侍を辞めていたと思います。ですから、何と言いますか……あの子たちは皆、恩人のようなもので……」

「恩人、ですか」

大げさだと思ったのだろうか、誠明の声に、微かに驚きが含まれていた。

淑子が顔を上げると、誠明もこちらを見ていて、ようやく目が合う。

「……そこまで恩を感じているのは、何故ですか」

「え……」

誠明からそんなことを質問されるとは思わなかった。訊きたいことがたくさんあるのは、こちらのほうなのに。

「……話すと、長くなりますが」

「聞かせてもらえませんか」

引き下がってくれなかった。ちょっと意外だ。

淑子はうつむいたときにこぼれ落ちたおくれ毛を耳にかき上げて、一度、唇を引き結んでから口を開く。

「誠明様は──昔、わたくしの縁談が途中で破談になったことを、御存じですか」

「……蔵人少将と婚約していたことがあるとは、聞いています」

誠明は一瞬、言葉に詰まりながらも、少し早口で答えた。

「はい。父の決めた縁談で、わたくしはただ流されるままに従いましたが、顔を合わせる前に、実の妹に相手を取られました」

「……実の妹御だったのですか」

なるほど、破談の理由もちゃんと知っていたようだ。しかしさすがに同腹の妹がそんなことをしたとは、信じられなかったのか。

「そうです。ただ、わたくしは別に、父が決めた相手には何の思い入れもございませんでしたし、蔵人少将様がああいう方だと知ったいまは、むしろ破談になって本当によかったと思っています。でも当時は、さすがにそうも考えられなくて」

「……さぞ、つらかったでしょう」

いたわりのこもったつぶやきに、淑子の頰が、ふっと緩む。

「破談はちっともつらくありませんでしたが、周りに気遣われるのは、つらかったですね。女房たちなどは、いつまで経《た》っても、わたくしが傷ついていると思っていて。……それが嫌になって、母の伝手で典侍にしていただきました」

そういえば、何が最もつらかったのかを誰かに伝えたのは、これが初めてかもしれない。これまでは、似たような言葉をかけられても、破談のことは気にしていないとしか返せなかった。

「私の母と亡き尚侍様が従姉妹《いとこ》同士で、その縁でこのお役目に就けたのですが、これまで家の奥にいて、人前に出たことなんてありませんでしたから、内侍所にいるだけでも、とにかく恥ずかしくて恥ずかしくて……。仕事のことは、尚侍様にひととおり教えていただきましたけど、誰にも顔を見られたくなくて、伝宣にもなかなか行けませんでした」

そう話しながら、淑子は傍らに置いてあった檜扇《ひおうぎ》を手に取り、顔にくっつきそうなほど近くで広げてみせる。

「ほら、こんなふうに――いつもこうして隠していたんですよ」

「……私は、そんなあなたを見たことがありません」

「ええ。こんなふうだったのは、初めのふた月くらいでしたから」

淑子はぱちりと音を立てて、扇を閉じた。

「家にいても気疲れしてつらかったですけど、ここにいても、恥ずかしさに疲れてしまって。……もう家に帰ろうかと思いました」

他人に姿を見られることは承知で後宮に来たが、いざ本当にそうなってみると、自分で考えていた以上の、恐ろしさにも似た恥ずかしさを感じて――家で女房たちに気遣われるわずらわしさと、後宮で常に人に姿を見られる恥ずかしさのあいだで、毎日心が揺れて。

「でも、あるとき気がついたんです。……扇なんて手にする暇もないほど、まめまめしく働いている子たちがいることに」

緊張と羞恥と、覚えなければいけない仕事と職務の重責と――諸々のものが限界に達して、疲れることに疲れはてていたころだった。

「わたくしとそう変わらない年ごろの子たちが、特に誰に顧みられることもなく、ときには女房たちの理不尽な叱責ややつあたりを受けながら、でも文句ひとつ言えず、日々、己の仕事を黙々とこなしているんです」

女房どもが華やかに歌合《うたあわせ》や絵合《えあわせ》で遊んでいる横で、床を掃き清め、格子を開閉し、明かりを点《とも》し、物を運び――そうやって後宮の日常を、日常たらしめている存在。

「それに気づいたとき、まったく違う意味で恥ずかしくなりました。自分自身が」

何をためらっていたのか。たかが自分の顔ひとつ。もう自分は、家の中で慎《つつ》ましくあらねばならないお姫様ではないというのに――

「あの子たちを見習って、きちんと役目をはたそうと、そう決めました。……思えば、たいした覚悟もなくここへ逃げてきてしまったのがいけなかったんです。腹を据えるのに、ふた月もかかってしまいました」

苦笑して、淑子は扇をもとのところに置いた。

「ですが、そうと決めてしまえば、案外と楽でした。どんどん人前に出られるようになりましたし、はっきりものも言えるようになって。……もっとも、自分がここまで気が強かったなんて、自分でも知りませんでしたけど」

「……いや」

誠明が目元をやわらげ、しみじみとした口調で告げる。

「気の強さではなく、あなたのそれは、やはりやさしさだと思います。一度、あなたがどこぞの女房たちと言い合いをしているところを見かけましたが、あなたは背に、女童をかばっていた。あなたの強さは、そういう強さです」

「……」

先だって誠明が言ったことの意味が、ようやく淑子にもわかった。

――承知しています。柊の葉の棘は魔を祓い、花はとても美しく、よく香るということを。

誠明は、そもそも自分に対して、気が強く刺々しい女だという認識を持っていなかったのだ。女房どもと口論するところを見るより先に、女孺に声をかけているほうを見ていたがために。

……ああ、そうなのね。

質問を重ねる前に、ひとつ、わかった。……この気の強さを、やさしいと言いきってしまえるのは、つまり、誠明自身がやさしいからだ。そうでなければ、ただ典侍が女孺に声をかけていただけのところを見て、気配り云々など、思いもしないはずだ。

面白みのない堅物で――でも、やさしい。

こうして話してみなければ、気づくのに時間がかかっただろう。

淑子は嬉しくなって、唇をほころばせた。

「ありがとうございます。……正直に申しますと、顔はさらしても、もっとおとなしくしておくのだったと、後悔しておりました。でも、誠明様がそう仰るのでしたら、これでよかったのだと思うことにします」

典侍の仕事でもないのに揉めごとを止めて、後宮の女房たちに疎まれて、いいことなど何ひとつないと思っていたけれど。

「……あなたが気配りを忘れないことを知っている者は、皆、あなたがやさしいことも、知っているのではないですか」

「それは……どうでしょう。叱るときは叱りますし、大声で揉めごとをいさめていれば、それを怖いと思っている子もいるはずです」

淑子は首を傾げ、短く笑う。

するとつられたのか、誠明も少し表情を緩めた。

燕《つばめ》がすべるように庭先を横切って、飛び去っていく。時を知らせる陰陽寮の鐘が、ふたつ鳴った。

普段より、風も日差しも穏やかに感じられる。

……悪くないわ。

一人でのんびり過ごせる時間が好きだったが、誠明と二人でいても、そう変わらないくらいに、空気は穏やかだった。そういえば、何日か前は沈黙が少々気詰まりだったが、いまはそうでもない。

ただひとつだけ気になるのは——心の奥が、微かにざわついていること。

ざわつきの原因をきちんと考えたほうがいいのか、それとも。

「……ここは日当たりもよくて、落ち着きますね」

沈黙を破ろうとしてではない、もっと自然に、誠明がつぶやいた。

「お気に召してくださったのでしたら、またおいでください」

「……いいのですか」

「はい。ただ、わたくしがいつもいるとは限りませんけれど。何しろ、どこかで揉めごとがあるたびに、呼び出されますので」

「それは……困りますね」

「ええ。本当に困っております」

わざと真面目くさってそう返事をしたあと、淑子はすぐに声を立てて笑う。

誠明も、もうそれとはっきりわかるくらいに、笑みを浮かべていた。


このあと主上に碁の相手を所望されているからと、誠明は引きあげてしまった。もう少し話したかったが、そういう理由では仕方がない。

淑子は脇息に両腕を置き、それを枕にするようにもたれかかりながら、さっきまで誠明が座っていたあたりを、ぼんやりと眺めていた。

結局、また会う約束をしてしまった。……求婚の返事もしないままに。

誠明に尋ねたいことが幾つもあって、だから会おうと思っていた。だが、いったい自分の何を気に入ったのか、今日わかったのはそこまでで、あとの疑問——何故文を送ったり声をかけたりすることを、こちらがわずらわしがると思ったのか、それでいてどうして初対面で求婚してきたのかなどは、まだ謎のままだ。

……でも、焦って訊かなくてもいいのよね。

誠明が自分を選んだ理由。それが最も知りたかったことで、それを誠明は、先ほどきちんと話してくれた。一番大事なことが聞けたのだから、あとのことは追々、気が向いたら話題にすればいい。

いや、むしろすぐには訊けない。……ただでさえ、心がざわついて仕方ないのに。

「……」

淑子は脇息に顔を伏せ、深く息をする。

嬉しかった。

こんなに気の強い、柊などと揶揄《やゆ》されるような女を、やさしいと言ってくれる人がいるとは思わなかった。自分をそんなふうに評してくれるような、真にやさしい人に求婚されたことも、誇らしいような気さえする。

しかし――だからこそ、冷静にならなければいけなかった。

今日、誠明に、破談から典侍としてやっていく覚悟をしたまでの話をした。破談の後、家で気遣われるのがつらかったことも。

だが、もうひとつのつらかったことまでは、誠明には言わなかった。

いよいよ典侍の役目をはたすため、覚悟を決めて内侍所の外に出た自分を待っていたのは、「あれが妹に許婚を奪われた女」という、好奇と憐れみに満ちた目だった。

自分からは何ひとつ語ってなどいないのに、噂は内裏の内にまんべんなく広まっていて、中には面と向かって、あなたが例の――と言ってくる女房もいた。

それでも、つとめて気にするまいとした。自分には何の落ち度もない。すべては恋に我を忘れた妹と誘いに乗った許婚、そんな二人の結婚を許した父のせいだ。うつむいてはいけない。心を強く保ち、人々が噂に飽きるのを待つのだ。

ところが噂の最中《さなか》に藤原豊隆がのこのこと現れ、厚かましくもこちらを口説いてくるようになり、それでもどうにか気丈にふるまおうとすればするほど、あれは本当は元許婚に未練があるのだ、しかしあの気の強さでは相手に逃げられたとて仕方ないと嘲笑され――

亡き尚侍が何かとかばってくれたことと、家から逃げたうえに典侍の職からも逃げるような真似《まね》はするまいと決めた信念がなければ、乗り越えられなかった。

思い返すと、本当につらかったのは、この時期だったかもしれない。

後宮に慣れたいまなら、常に話題に飢えている女房らにとって、妹に許婚を奪われた女など、格好の噂の的になるに決まっていると、理解できる。そしてそんな噂は、語りつくされてしまえば、飽きられて、また別の噂が待たれるだけだということも。

だが、そう割り切れるようになるまでには、やはり少し時間が必要だった。

自分の破談の話題は、一年が過ぎるころにようやく収まり、そのかわり柊の典侍のあだ名が定着した。亡くなる少し前の尚侍に、もう大丈夫、典侍として一人でやっていけると笑って言われたことを憶えている。

いまさら気の強さを揶揄されることは、どうということもない。

だが、結婚のことは。

「……」

ゆっくりと、淑子は顔を上げた。

また父が相手を選ぶようなら、何がなんでも断ろうとは思っていたが、絶対に結婚しないとも、決めていたわけではない。ないのだが――

あの破談以来、自分の結婚を現実的に考えたことはなかったと思う。

婚約しても、破談になることはある。結婚に至ったとしても、そのうち別れることだってあるだろう。悪い可能性を考えたらきりがないが、考えておかないと、同じ轍《てつ》を踏まないとも限らないのだ。

行く末、悪い結果になったら――自分はこの逃げられない後宮で、もう一度、あの好奇と嘲笑に耐えなければならない。

正直、あのころのつらかったことは、もう忘れかけていた。……違う。忘れていたわけではない。ただ、ここで噂の的になるとはどういうことなのか、その教訓を得た経験だったのだと、半ば無理やり考えを変えただけ。もう一度あれを体験したいとは思わない。

だから慎重に。冷静に。

誠明が好人物であることも、自分に対しての感情があたたかなものであることも、認知できた。耳に心地よい声も生真面目な態度も、嫌いではない。……嫌いではないという以上の何かに心がざわついているのも、覚っている。

でも。

……わたくしは、睦子のようにはなれない。

どんなに誠明の言葉が嬉しくても。

己の心のまま突き進むことなんて――自分にはできないのだ。

◇◇　　◇◇　　◇◇

清涼殿西側の簀子を歩いていると、誠明がこれから向かおうとしていた部屋から、深紫の袍を着た五十歳ほどのよく見知った人物が、ちょうど出てきたところだった。

誠明が声をかけるより先に、相手が誠明に気づく。

「……来ていたのか、誠明」

「御無沙汰しております、父上」

その場に立ち止まって一礼すると、もとは中務卿宮――いまは東宮である誠明の父は、軽くうなずき、こちらに歩いてくる。

「おまえも主上に呼ばれていたのか」

「これから碁のお相手を。父上は何かありましたか」

「何もないが、ときどき御機嫌伺いに参内している。――どうだ、蔵人所は」

「まだ不慣れなことばかりで、教わる一方です」

「そうか。まぁ、これからだ。よくはげめ」

東宮はそう言うと、息子とすれ違って清涼殿を出ようとした。誠明はその背に声をかける。

「先だって――求婚しました」

「……」

即座に振り返った東宮は、少し険しい顔をしていた。

「もう結婚したのか？」

「いえ。まだ返事をもらっていませんので」

「結局、求婚したのか……。あれほどよく考えろと言ったのに」

東宮は目線だけで素早くあたりの様子をうかがいながら、小声で叱責する。

「よく考えましたが、やはり結婚するなら、あのひと以外はありません」

「しかし、ここまで右府との関わりを避けてきておきながら……。橘の妹は、右府の次男の妻だろう」

「その妹夫婦に手ひどく裏切られた姫君です。関わりはないと思っていいでしょう」

「しかしな……」

なおも苦言を呈そうとしたようだが、東宮は息子の表情を見て、あきらめたように嘆息する。

「……惚《ほ》れていたのだったな、何年間も」

「はい」

「まぁ、あれは信頼できる典侍だと、主上も評しておいでだからな……」

「父上。まだ求婚の返事はもらっていませんが」

もう結婚が決まったような口調の父に、誠明はあらためて、その事実を伝えた。

「ん？　……そうか、おまえが断られる可能性もあるのだな」

「あのひとに断られたら、私の結婚は生涯ないものと思ってください」

「おまえ――」

東宮が呆れた様子で口を開け――だが、出てきたのは二度目のため息だった。

「……せいぜい、振られないようにしろ」

「できればそうしたいものです」

「ただし、忘れるなよ。……おまえは私の息子だということを」

父のその言葉を聞き、誠明の目に微かに暗い影が差す。

「わかっています。……余計なことを話してはならない。何を聞いても顔に出してはならない。常に人の目があると心得て、軽々しいふるまいをしてはならない」

「そうだ」

東宮は厳しい面持ちでうなずいた。

「惚れた女の前でも気は抜くな。くれぐれも、あらぬ疑いを招くような真似をしてはならぬぞ。いいな、誠明」

そう言って踵を返し、東宮はその場を立ち去る。誠明はその背を見送って、また簀子を進み、朝餉間《あさがれいのま》の前で足を止めると、そこで片膝をついた。

「――五位蔵人源誠明、参上いたしました」

声を張ってそう告げると、奥から入れ、と返事がある。

朝餉間に入ると、帝はもうそこに碁盤を置いて待っていた。

「いま東宮が来ていたが、会ったか？」

「はい。そこで」

「久しく会っていないそうだな。別々に暮らしているのだったか？」

「はい」

誠明は一度床に手をつき、頭を下げてから、あらためて碁盤を挟んだ向かい側に腰を下ろす。すると帝は、すぐに黒い石を打った。

「例の五節の舞姫が、後宮に入ることになった」

誠明が白い石を置いて目を上げると、帝はどことなく上機嫌に見えた。

「……以前お話しされていた、昨年の五節の舞姫ですか」

「そうだ。ようやく話がまとまった。さすがに女御というわけにはいかないし、尚侍も無理なようだから、更衣として入らせると決まったよ」

「……民部少丞《みんぶのしょうじょう》の娘なら、更衣でも破格の扱いではないですか」

帝が勢いよく石を打つのに対し、誠明は静かに石を置きながら、前回、碁の相手に呼ばれたときに聞かされた話を思い出していた。

昨年の新嘗祭《にいなめさい》後の豊明節会で五節舞を披露した四人の舞姫のうちの一人を帝が気に入り、側に召し出したいと希望したのだ。

その舞姫は、民部少丞清原光房《みつふさ》の娘。左大臣藤原恒望の後見を受けての舞姫の役目だったという。

左大臣は帝の望みを聞き、年が明け、諸々の支度が整ってから民部少丞の娘を後宮に迎え入れることを約束したのだそうだ。

「それと同じことを、左府にも言われた。今回は更衣にしかできないと。右府は更衣でも反対していたが、藤壺の前例があるのだから今回もこれでいいだろうと、左府が押し通してくれたらしい」

「……」

なるほど——誠明は心の内で、そうつぶやいた。

そう、たしかにこの話には前例がある。

十四年前のことだ。当時、帝はまだ元服前の東宮で、それは先帝のころの新嘗祭だった。その年の豊明節会で、東宮だった帝は舞姫の一人にひと目惚れしてしまった。言わば初恋である。

東宮だった帝は、その舞姫を妃に望んだが、そのころ東宮妃はすでに右大臣の娘に内定していたため、その希望は聞き入れられなかった。だが初恋の舞姫を忘れかねた東宮は御位を継いだ数年後、再度その舞姫の入内を要望したのだ。

その娘が舞姫を務めたとき、娘の父は参議の職に就いたばかりだったが、そのころには大納言に任じられていた。以前より出世しているとはいえ、大納言の娘で女御になるのは難しいのではないか――世間がそう思っていた中、なんと左右の大臣が了承し、帝の初恋の舞姫は女御として入内した。それが藤壺の女御である。

世間は左右の大臣が帝の初恋に寛容さを見せたことに驚いたが、この件には当然、寛容さとはほど遠い、それぞれの思惑があった。

まず、舞姫の父――大納言藤原朝任である。もともと家柄は悪くなかったが、左右の大臣が長くその官職に就いていることや、朝任本人にあまり人望がなかったこともあり、出世の道がなかなか開けずにいたところへ、娘が思いがけない幸運を掴み、これを逃してなるものかと考えたのだろう、左右の大臣に接近を図り、右大臣のほうと親しくなることに成功した。好色な右大臣のために美女を何人か世話したとか、あくどいことを右大臣の代わりにやったとか、そういった噂もあるが、真偽のほどは定かでない。

そして右大臣藤原豊方は、昔から実兄である左大臣を目の敵にしており、そのため少しでも多く味方がほしいという思いから、藤壺の女御は自分のおかげで入内できた、ということにして藤原朝任にも帝にも恩を売る形にしようと考えたらしかった。

そもそもが虚栄心の強い性質であり、数多《あまた》の妻たちに産ませた大勢の娘がいる強みもあって、他所の女御を一人二人入れたところで、あとの後宮は自分の娘たちで埋めてしまえばいい、皇子を産むのは自分の娘たちだ、という自信も持っていた。実際、藤壺の女御が入内したとき、豊方の娘である弘徽殿の女御は二人目を懐妊中で、一人目は皇女だったが今度こそ——と、豊方は思っていただろう。

そんな朝任と豊方に対し、左大臣藤原恒望は、最も冷静かつ、もう少し広い視野を持っていた。おだてに乗りやすく野心の強い豊方とその取り巻きによって政が偏ることを常に警戒しており、後宮についても、豊方が自身の娘ばかりを入内させようとするのを牽制《けんせい》しつつ、自分の娘を女御にするだけでなく、式部卿宮の娘の入内を勧めたり、朝任の野心はいずれ豊方の野心と対立すると踏んで、あえて女御として帝の初恋の舞姫の入内を認めたりしたのだという。

結果として、弘徽殿の女御が産んだのは二人目も皇女であり、豊方が慢心している隙に入内した藤壺の女御が、真っ先に皇子を産んでしまった。さらに恒望の娘である麗景殿の女御にまで先んじられたことで、豊方の目論見《もくろみ》は完全に外れたことになったうえに、遅れて入内した豊方の娘、承香殿の女御が皇子を産んだことで、恒望の読みどおり、豊方と朝任の関係は悪化の一途をたどっている。

十四年前、東宮だった帝が舞姫にひと目惚れをした当時は、もちろん誠明もまだ元服しておらず、このあたりのいきさつは、のちに父から聞かされたものである。しかし自らが出仕するようになり、自分の目で見た恒望、豊方、朝任らの言動や、下位の官人たちが小声で口にする三人の評判は、父から聞いた話でほぼ間違いなかったと、うなずくしかなかった。

そんな「藤壺の前例」をふまえての、今回の件である。

誠明は手中で碁石をゆっくり転がしつつ、視線は盤上に置いたまま、口を開いた。

「……主上は、五節の舞姫がお好きなのですか」

「うん？　さぁ、どうかな。ははは……」

笑いながら、帝が石を打つ。誠明は少し考えてから、打ち返した。

「毎年気に入った舞姫が見つかるわけではないよ。むしろ藤壺から今回までは、誰も召し出していないわけだから」

「それはそうですね」

「今回はたまたま――そう、藤壺を初めて見たときのことを思い出した」

「……」

もしかして、という言葉を、誠明は飲みこむ。

昨年に限って十四年前を思い出したということは、もしかして、藤壺の女御と今回後宮に入る舞姫は、顔が似ているのではないだろうか。

そうだとすると、左大臣があえて藤壺の女御に似た娘を舞姫に選び、帝がその舞姫を気に入ることを見越して、自ら後見役になったという可能性もあるが――そこまで作為的だというのは、考えすぎだろうか。

「藤壺が……いや、藤壺だけではない。どうも近ごろ後宮が騒がしくてな。なかなか心が休まらない。だから新しい更衣が来るのは楽しみだよ」

「……そうですか」

顔は盤上に向けたまま、誠明は目だけを上げる。

帝の表情はその言葉どおり、期待に満ちたものだった。


御前を辞して清涼殿を出ると、もう日が落ちかけていた。

校書殿の裏にある蔵人所町屋へ戻り、宿所にしている部屋で深緋の袍を脱ぎ、濃い青色の直衣《のうし》に着替えていると、六位蔵人の一人が部屋の外を通りかかった。

「――中原どの、猫は見つかりましたか」

誠明が声をかけると、中原は足を止め、力なく首を横に振った。

「いやぁ、駄目です。見つかりません」

「そうですか。まだ子猫ですから、そう遠くへは行かないと思いますが」

「だといいのですが、もう二日経ちますからな……。迷いこんだ野犬に追われてなどいないことを祈っていますが……」

中原は軽く頭を下げ、とぼとぼと歩き去る。

誠明は着替えを終えてから部屋を出て、簀子に下り、外を見た。

「……」

猫に訊いてみますと言っていた橘の姫君の表情は、別段、冗談でこちらをからかっているようなものではなかった。むしろ親切心から自分の知りうる限りの妙案を提示したという様子だったので、本当に機会を見て、迷子の猫の行方を他の猫たちに尋ねるつもりなのだろう。

あれは――可愛らしかった。

猫のことを話していた、あの表情。

橘の姫君は、一見すると理知的な美人である。涼やかな眼差《まなざ》しが落ち着いた印象を与え、よく通る凛《りん》とした声がつむぐ言葉は明瞭だ。

だが、女孺などの目下の者に話しかけるとき、あるいは先ほどのように猫の話をしていたときなど、その表情はおおらかさを感じられるほどに変化し、ときおり少女のような茶目《ちゃめ》っ気《け》さえ覗いていた。

いつまでも見ていたい——こちらの心まで明るくなる快活さと可愛らしさだった。

正直、早々に父に釘《くぎ》を刺されなければ、忘れてしまいそうだった。……あの長年の戒めを。

高欄に肘をつき、誠明は次第に暮れゆく外の景色をじっと見つめる。

子供のころからずっと、父に言い含められてきた。——余計なことを話してはならない。何を聞いても顔に出してはならない。常に人の目があると心得て、軽々しいふるまいをしてはならない。

すべては父の、そして己の境遇が原因だった。

暫定の東宮とその息子。父は一時的とはいえ自らが東宮になることは望んでいなかったし、息子を巻きこむことも避けたがっていた。

不運の始まりは、先帝の四人の皇子のうち三人が夭逝してしまったことだ。

あれはただの不幸だった。それだけだ。だが世間は――いや、ある一部の者たちが、何か裏があると勘ぐった。はっきり言ってしまえば、誰かが目的を持って三人の皇子を呪詛《じゅそ》、あるいはもっと直接的な方法で排したのではないかと。

そんなことをして得するのは誰なのか。現在の帝は当時も第一皇子であり、すでに東宮に決まっていた。三人の弟皇子がいても、それは変わらない。では、次に得をするのは。三人の皇子がいなくなったことで、急に御位が近づいた者。それは中務卿宮ではないか。中務卿宮にも息子が一人いる。しかも東宮と年が近い。もし東宮の身にまで何かあったら、そのときは――

……馬鹿馬鹿しい。

妄想でこちらを謀反人に仕立てられてはたまったものではない。しかし、結果として父が暫定の東宮になってしまったのも事実だった。それによって、自分たち親子を利用しようとする者が出てきたことも。

最たるは右大臣の藤原豊方。豊方は自分の娘――弘徽殿の女御の第一子が皇女で、その後しばらく懐妊の兆しが見られなかった時期、こちらと自身の娘との縁談を打診してきた。

実のところ、三人の皇子の夭逝について、裏があると一番勘ぐっていたのは、この豊方だった。自身の娘を早々に東宮妃に決めたものの、実兄である左大臣藤原恒望による妨害があるのではないかと疑っており、三人の皇子を排したのも恒望に違いないと、陰で吹聴《ふいちょう》していたという。

そんなことをしても恒望に何の利もないと、冷静に考えればすぐにわかるはずなのだが、恒望への敵対心が、いらぬ疑心暗鬼を生んだらしい。そこで暫定の東宮とその息子も、恒望に囲いこまれる前に、縁を結んで味方にしようと考えたのだろう。

もちろん縁談は断った。利用されるつもりはない。しかし断っても、それならこちらの娘はどうか、この娘なら気に入るかと、次から次へ娘たちを紹介してくる。その合間には頻繁に宴に呼ばれ、うっかり出席すると誰だかわからぬ女をあてがわれそうになり、逃げるのに苦労する破目になる。

そんなことが、弘徽殿の女御の二回目の懐妊まで続いた。縁談は断り続け、宴ではあえて場の雰囲気を壊すように無愛想にし、それでようやく宴に呼ばれなくなった。喋らず、笑わず、結婚せず――ただひたすら、誰かの野心に利用されないように。

……疲れた。

もういいのではないか。いまの帝にも、皇子が三人生まれた。もう自分たちを利用しようとする者もおるまい。もはや豊方もこちらには構わず、自身の娘である承香殿の女御が産んだ三の宮を東宮にすることに躍起だ。

父はまだ警戒している。たしかに、三人の皇子のいずれが次の東宮になるのか決まっていないうちは、油断しないほうがいい。豊方に関わることからは、何であれ、なるべく距離をとるべきだ。わかっている。

だが、あのひと——あの橘の姫君だけは、どうしてもあきらめられなかった。

もっと昔、元服してしばらく後、何かに誘われるように、幾度か女人のもとへ通ったことがあった。恋の真似ごと程度で終わったときもあったし、このまま結婚に至るのではないかと思ったほどの仲に進んだときもあった。しかし、いずれも長くは続かなかったのは、最後には相手が「いずれ東宮となる中務卿宮の息子」を意識していることに、気づいてしまったからだった。

自分の恋には、常に失望がつきまとっているのだと悟ってからは、恋の気配に誘われても、振り向かなくなった。

恋もせず、胡乱《うろん》な縁談は断り、きっと結婚もしないまま過ごすのだろうと思っていた矢先——あの姫君を見つけてしまった。

橘中納言の娘。

妹は、よりによって豊方の息子である豊隆と結婚している。またあきらめなくてはならないのか。やはり恋などしてはいけなかったと、一度は思った。

だが、豊隆が初めに婚約していたのはあの姫君で、それを裏切って妹のほうと結婚したのだと知ったのは、何がきっかけだったか——さぞ傷ついただろうと、気の毒でならなかった。

しかし自分が目にするあの姫君は、いつも毅然《きぜん》とした、目下の者にやさしい、傷ついた様子など微塵も見せない、立派な典侍だった。ただ、そうは見えても、心の内は推しはかれない。あの姫君が豊隆をどう思っているのか、実はいまでも密かにかつての許婚を慕っているのではないかと、気を揉んでもいた。

失望はしたくないがあきらめきれず、豊隆の身勝手さを嫌悪しながらも、そんな男に奪われずにすんだことに安堵し、裏切られた姫君の傷の深さを測りかねて、懊悩《おうのう》し続け——

初めて正面から顔を合わせたあのとき、これまで自分の中で渦巻いていた感情の何もかもが霧散し、ただ、愛《いと》おしさだけが残った。

これが最後の恋でいい。どうせ失望がついてくることはわかっている。この姫君を抱きしめられないのなら、あとはもう、世捨て人にでもなろう。その覚悟があれば、想《おも》いを伝えることはできる。

「……」

陰陽寮の鐘が鳴り、誠明は顔を上げた。いつのまにか、あたりは薄暗い。

もたれかかっていた高欄から離れ、誠明は部屋に戻ろうとして、ふと足を止めた。

さっき逢ったばかりだ。それなのに、もう逢いたい。

次に奏宣の順番が合うのはいつなのだろう。いや、曹司の場所はもう知っている。

またおいでくださいと、言ってくれた。あれはただの社交辞令だろうか。本当に訪ねてもいいのか。何か理由があれば訪ねられるのではないか。

急《せ》いてはいけない。わかっている。だが。

誠明は深く息をつき、それから奥歯を嚙みしめる。

この想いを——いったいどうしたらいいのだろうか。

◇◇　　◇◇　　◇◇

「……あー……もう……」

淑子は疲れた足取りで、梨壺の簀子を歩いていた。

日が沈み、さて休もうと思っていたら、書司《ふみのつかさ》の女官が駆けこんできて、うちの女孺が何か粗相したらしく、承香殿の女房に罰として塗籠《ぬりごめ》に閉じこめられている、酉《とり》の刻より前から閉じこめられているから心配だ、書司が皆で許してほしいと頼んでも聞き入れてもらえない、何とかとりなしてもらえないか、と泣いて訴えるため、放ってもおけず、出張っていく破目になったのだ。

書司が柊の典侍に助けを求めるとは思っていなかったのか、塗籠の前で笑っていた承香殿の女房たちは、これは面倒なことになると覚ったようで、慌てて女孺を解放した。ただし女房たちも、何にでも首を突っこんでくるとは、典侍の仕事も幅広くなったものだ――などと、淑子への嫌味は忘れなかったわけだが。

もう格子は閉じてあるため、妻戸から身舎の中に入ろうと、淑子は南の簀子をずるずると歩いていた。こんなときは、裳も重く感じる。

見上げると、細い月が出ていた。雲が薄くたなびいている。

ふと庭先に目を転じると、自分の曹司の前あたりに人影が見えた。驚いて、淑子は一瞬足を止めたが。

……え、あれ、もしかして……。

宿直《とのい》装束と思《おぼ》しき姿の、あのたたずまいは。

「誠明様――ですか？」

早足で近づき、小声で呼びかけると、人影が振り返る。……やはり。

誠明は少し驚いた表情で、淑子を見上げた。

「……中にいたのではなかったのですか」

「ええ、あの、ちょっと用事が。……誠明様は、どうして」

昼間来たばかりだ。またおいでくださいとは言ったが、まさかその日の夜に現れるとは思っていなかった。

「……猫が」

「猫？」

「本当に来るのかと」

「ああ、そういう……」

猫がよく集まると話したから、見にきたのか。

……わたくしに会いにきたわけじゃなかったのね。

あやうく自惚《うぬぼ》れるところだった。淑子は自分に苦笑し、高欄から身を乗り出した。

「外、少し冷えませんか？　お上がりになりません？」

「たしかに、今夜は少々。……いいのですか」

「そちらよりは、上のほうが幾らか寒くないと思いますよ」

「……では、上がらせていただきます」

誠明が東側の階から簀子に上がってくる間に、淑子は一度、自分の曹司に戻って、衝立《ついたて》に掛けてあった自分の袿を一枚、持ってくる。

「――誠明様、これ、どうぞ」

庭のほうを向いて簀子に座っていた誠明の肩に袿を着せかけると、誠明はまた驚いた様子で振り返り、淑子を見た。

「これは……」

「一枚でも羽織れば、風よけになりますから。あ、円座も持ってきましょうか」

「いえ、大丈夫です。充分です」

もう一度曹司に戻ろうとした淑子を、誠明が制する。淑子は妻戸を閉めて、誠明の横に腰を下ろした。

「あなたは寒くありませんか」

「わたくしは平気です。ちょうどこれを着ていますから」

わざわざ着ていった唐衣を指さすと、誠明はうなずいて、袿を羽織り直す。

「では、お借りします。……いい香りですね。梅花ですか」

袿の袖を手に、誠明が訊いた。

「そうです。梅花です」

「私も梅花をたいていますが、ここまで深みのある香りにはならないですね」

「香を合わせるのは好きなんです。だから、ついいろいろと試してしまって。これはわりとうまくいきましたけど、結構、失敗もするんですよ」

淑子はそう言って笑い、庭に目を向ける。猫はまだ一匹も現れていない。ときおり風は吹いたが、さほど冷たくはなかった。

「ところで、誠明様、今夜は宿直だったのですか？　そのお姿……」

誠明が着ているのは、何色かはよくわからないが、濃い色の直衣だ。

「宿直ではありませんが、主上の碁のお相手をすると、大抵は遅くなるもので、そのまま宿所に泊まることにしています。家も遠いですから、従者も車も先に帰します」

「……お家、どちらなんです？」

「八条です」

「え、八条？」

「東市の南あたりです」

「……東宮様のお住まい、八条でした？」

「父は二条に住んでいます。私は元服して、住まいを別に持ちましたので」

「もっと近くでも、土地はあったでしょうに……」

思わずそうつぶやくと、誠明は少しうつむいて、低い声で言った。

「……宮城の近くは、何かと騒がしいですから」

八条のほうが市に近くて騒々しいのでは――と口にしかけて、淑子は気がついた。

誠明が言っている騒がしいというのは、そういう意味ではないのだ。宮城の近くには、家柄のいい、身分の高い貴族の家が多い。それはつまり、人の噂も立ちやすいということ。

「そうですね。住むなら、静かなところのほうが落ち着きますよね」

あえて明るい口調で言うと、誠明は淑子のほうを見て、ふっと目を細めた。

「ええ、静かですよ。……ただ、やはり遠いですが」

「そうですよねぇ。わたくし、一度は市に行って、自分で買い物をしてみたいのですけど、やはりずいぶん遠い気がして――あ」

庭先で小さな影が動いた。

「猫ですか？」

「猫です。……たぶん、藤壺の八丸ですね」

だいたいいつも一番に現れる猫だ。そして一番に帰っていく。

「八丸が来たということは、そろそろ……ああ、いました。あそこ、虎の大臣です」

淑子は高欄の隙間から庭を覗いて、様子をうかがう。隣りで誠明も同じように見ていたが、よく見えないのか、首をひねっていた。

「一匹はわかりましたが……」

「門のすぐ横にいる猫はわかります？　あれが八丸です。それからあそこの梨の木の下にいるのが虎の大臣で……あ、うちで飼っている白の内侍も来ました」

「……ああ、あの白い猫。あれはわかります」

誠明はしばらく目を凝らしていたが、やがて乗り出していた身を引く。

「場所を教えてもらって、やっとわかるぐらいです。夜目は利くほうですが……」

「もっと月が明るければ、見えると思いますよ。わたくしも、どの猫がどこにいるか決まっているから、わかるようなもので」

「決まっているのですか」

「おおよそは。来る順番といる場所と帰る順番は、いつも同じですね。……だから、そろそろあちらから、乾の衛士が来るはずです」

淑子が庭の西側を指さすと、ちょうどそこへ、猫が一匹歩いてきた。誠明もそれに気づいて、腰を上げる。

「あれですか？　本当に来ましたが……」

「そうです、そうです。——乾の衛士、ねぇ、乾の衛士、ちょっとお願いがあるの」

淑子は急いで立ち上がり、猫に向かって手を振った。三毛の猫が足を止め、簀子を見上げる。

「あのね、蔵人所の小さい子が、行方知れずなんですって。わかる？　蔵人所。沓姫っていうの。白くって、足の先だけ黒いんですって。あなた見かけなかった？」

乾の衛士は耳を傾けるように、じっと淑子を見ていた。

「見かけたら、蔵人所に連れていってあげてほしいの。もし蔵人所の場所がわからなければ、ここでもいいから」

「……」

誠明も淑子にならって、乾の衛士にうなずく。

「乾の衛士、こちら、源蔵人様。蔵人所にはこの方がおいでだから、憶えておいて。沓姫を見かけたら、源蔵人様に知らせてくれてもいいわ。お願い」

乾の衛士は少しのあいだ、そのまま淑子と誠明を見上げていたが、一度低くうなると、悠々と他の猫たちのもとへ歩き去っていった。

「……聞いていたようですが」

「聞いていましたよ。返事もしてくれましたし。あとは乾の衛士が、蔵人所を知っているといいのですけれど」

歩きまわるのが好きな猫だというが、いつもどこを歩いているのか、さすがにそれはわからない。

淑子は高欄にもたれ、どこからともなく集まってくる猫たちを眺めていたが、ふと視線を感じて振り向く。

誠明は猫ではなく、淑子を見ていた。

穏やかで、静かな——春の夜のような瞳で。

かえって視線を外せなくなって、淑子はそのまま、誠明と見つめ合っていた。

音が、なかった。

風が木々の葉をざわめかせる音も、猫の鳴き声ひとつも、聞こえない。

耳に入る音は何もないのに、自分の鼓動だけが、うるさい。

「……」

互いを見つめていたのは、一瞬だったのか、長い時間だったのか。

誠明が何か言いかけるかのように、薄く口を開き——しかし、何も言わずに。

片方の手を、こちらに伸ばしかけて。

伸ばしかけた手が、止まって。

「……すみません」

誠明は先に目を逸らすと、早口でそうつぶやいて手を引いた。そして羽織っていた袿を素早く脱ぐと、それを高欄に掛ける。

「ありがとうございました。私はこれで失礼します。……おやすみなさい」

そう言って誠明は踵を返すと、逃げるように去っていってしまった。

庭の隅を足早に、猫たちのいる場所を避けて門から出ていく人影を、淑子はぼんやりと見送る。

いま、手を、どうして伸ばそうとしたのだろう。……手を伸ばして、何をしたかったのだろう。

淑子は誠明に貸した袿を手に取った。自分の薫物《たきもの》と違う香りが、微かに匂う。

同じ梅花なのに、違う移り香。

誠明に求婚されていたのだということを、急にはっきりと、いまさら思い出す。

いや、忘れていたわけではない。ないのだが。

「……」

淑子はまとまらない感情を抱えたまま、しばらく立ちつくしていた。


翌日の仕事は、失敗続きだった。

ちょっとした書き間違いや伝え忘れなど、小さなものばかりではあったが、淑子には珍しいことだったため、心配した掌侍たちから、今日は朝からぼんやりしている、どこか具合が悪いのか、早めに引きあげて休んだほうがいい――などと口々に言われて、昼を待たず、ほとんど強制的に曹司に戻されてしまった。

「何かあったんですか？」

付き添ってきた夏実が、淑子の赤色の唐衣と地摺《じずり》の裳を外しながら、遠慮なく訊いてくる。

「……別に何もないけど……こんな日もあるのよ」

「あー、訊き方、足りませんでしたね」

言葉を濁した淑子の顔を背後から覗きこんで、夏実が小声で、再度尋ねた。

「源蔵人様と、何かあったんですか？」

「……」

淑子はぎこちなく首を動かし、夏実を見る。

「あたし昨夜、見ちゃったんですよね。橘典侍さんと源蔵人様が一緒にいるところ」

そこに、と言って、夏実は御簾の向こうの簀子を指さした。

「……何で、あなた、そんなところに……」

「たまたまなんですけど。女孺仲間たちが小腹が減ったって言うもので、橘典侍さんなら何かお菓子持ってるかなーって」

「……ああ、そう……」

外した唐衣と裳を受け取って、淑子はため息をつく。

「でも、ちょっと出ていける雰囲気じゃなかったので。橘典侍さんもう寝てたって、誤魔化《ごまか》しておきました」

「……そこの手箱に松の実があるから、持っていっていいわよ」

「ありがとうございまーす。……それで、何があったんですか？」

松の実で話題がそらせたかと思ったが、そう甘くはなかった。淑子は平静を装って唐衣をたたむ。

「だから……別に、何もないわよ」

「橘典侍さんは、源蔵人様のこと全然知らなかったんですから、源蔵人様のほうが、橘典侍さんのこと好きだってことですよね」

「……」

鋭さが過ぎるのも困りものだ。

夏実は裳のほうをたたみながら、何やらうんうんとうなずいている。

「面白みのない堅物のわりには、なかなかお目が高い。橘典侍さんのよさに気づけるまともな男が、ようやく現れたんですね」

「……何言っているの」

「橘典侍さんも、まんざらじゃないみたいでしたよね。もしかして、もう結婚されたんですか？」

「……っ」

淑子は思わず、袖を押しつけて夏実の口をふさいだ。

「そっ……なわけないでしょう。あのね、結婚なんて、そう簡単にするものじゃないのよ……！」

「……えー。橘典侍さんも結構堅物なんですねぇ」

首を後ろに引いてあっさり袖を外すと、夏実はたたんだ裳を衣箱にしまう。

「そうじゃなくて……そんな簡単に結婚できる立場じゃないでしょう、誠……源蔵人様は」

　自分が求婚を承諾しさえすれば、難しいことはないのだが、どうにか誤魔化そうとして、あべこべに誠明のせいにしてしまう。

　すると夏実は淑子の手からたたんだ唐衣を取り上げ、何か思い出したかのように、ああ——と言った。

「そういえば、源蔵人様って、右府様の姫君たちとの縁談、ことごとく断ったらしいですからね。結婚となると、やっぱり慎重になるんですかねぇ」

「……え？」

　いま、とても不穏なことを聞いた気がするのだが。

　淑子の表情には気づかず、夏実は衣箱に唐衣をしまっている。

「あー、このあいだ源蔵人様のことをお伝えしたあと、もう少しわかったことがあったんですよ。まとめて御報告しようと思ってたところだったんですけど」

「……わかったこと？」

「十年くらい前……正確には八年か九年前だそうですけど、一時期、右府様が何とか源蔵人様と自分の娘を、結婚させようとしてたんだそうです。右府様には娘がたくさんいますから、とにかく誰かを、って頑張ったみたいですけど、ひとつもまとまらなかったので、源蔵人様がよっぽど右府様と縁を結びたくなかったんじゃないかって」

「……右府様は、どうしてそこまで……」

「さぁ、どうしてでしょうね。まぁ、『東宮の嫡子』とも、念のために仲よくしておきたかったんじゃないですか」

あの右大臣なら、それもあり得ない話ではないが。

「あれ？　でも源蔵人様が橘典侍さんを好きなんですから、橘典侍さんが源蔵人様のお立場を理由に、簡単には結婚できないっていうのは、変ですよね？」

「……」

誤魔化せなかったか。

夏実は衣箱を片付けて、またも淑子の顔を覗きこむ。

「本当のところは、どうなってるんですか？」

「……詮索しないで。お願いだから」

脇息に突っ伏してうめくように言うと、夏実が笑った気配がした。

「ああ、はいはい。迷ってるんですね。そうでしたね。橘典侍さんって、何か決めるまでに結構悩むんですよねー」

「……」

淑子は顔を上げ、無言で手箱を引き寄せると、蓋を開けて松の実が入った紙包みを取り出す。夏実が早速両の手のひらを差し出してきたが、淑子はそこに包みを載せる前に、じっと夏実を見た。

「……え、何ですか？」

「もう少しわかったことがあるって、そのことだけなの？」

「え。……あー、えーと……」

夏実が大きな目を泳がせる。つまり、あるのだ。

「……聞きたいです？」

「報告するつもりだったんでしょう？」

「ですけど……昨夜のおふたりを見てたら、もういいんじゃないかなーって……」

「言いなさい」

じろりとにらむと、夏実は両手を引っこめて、口を尖《とが》らせた。

「いまの話よりも前のことですよ？　十何年前の話らしいですよ？」

「いいから言いなさい」

「……もー……」

夏実は淑子の手から、ぱっと松の実の包みを引ったくる。

「ちゃんとした結婚はしなかったですけど、通ってた女の人はいたみたいですよ」

「……誰？」

「そこまでは、ちょっとわからないそうです。ただ、あたしにそれを教えてくれた人は、一応『東宮の嫡子』が結婚してもおかしくはないくらいの家の姫君だったはずだって、言ってましたね」

それなりの家柄の娘だったということか。

「……どんな姫君だったのかしらね」

淑子がぽつりとつぶやくと、夏実は少し抑えた声で告げる。

「教えてくれた人が言うには、知り合いの知り合いっていうくらいの家のことだからあまり詳しくはわからないけど、琵琶の上手な姫君だと聞いてる、って……」

「そう。琵琶……」

そういえば、誠明も宴で琵琶を弾くと、このあいだの報告で聞いた。

……わたくし、琵琶はあまり得意じゃないのよね。

暇なときに和琴《わごん》を弾くことはあるが、ずば抜けて上手《うま》いというわけでもない。

「まぁ、でも、昔の話ですよ、昔の話」

夏実がわけ知り顔で、淑子の肩を叩く。

「いちいち気にしてたら、きりがないですよ。昔のことより先のことです」

「……夏実、あなた、わたくしよりずいぶん年下のはずだけど、よくものがわかっているのね」

「あたしは、そんな堅物じゃありませんから」

ぺろりと舌を出し、夏実は立ち上がった。

「松の実、いただいていきます。今日はゆっくりしててください。失礼しますねー」

夏実がいそいそと曹司を出ていく。

足音が遠ざかってから、淑子は再び脇息に顔を伏せた。

右大臣の娘。琵琶の上手な姫君。……いくら堅物で有名でも、まるっきり女人と縁がないわけではなかったのだ。二十七歳の公達なのだから、当然といえば当然か。

右大臣とは親しくなりたくなかった。ただ、琵琶の姫君とは、結婚してもおかしくはなかった。

……本当に、右府様と縁を結びたくなくて断っていただけ？

琵琶の姫君のことが、右大臣の娘たちとの縁談より前の話ならば、もしかすると、琵琶の姫君を忘れかねて、縁談をすべて断っていたという可能性もあるのでは――

「……」

少しだけ顔を上げ、曹司の隅に置いてある和琴に目を向ける。

楽器を好むような姫君がよかったのだろうか。

誠明は目下の者への気配りを評価してくれたが、言わばそれは、仕事中のことだ。ふたりきりで——恋人としているときには、もっと違うことが求められるのではないだろうか。そう、ともに楽器を弾いて、楽しめるような。

だが、自分と一緒にいても、誠明はそういう楽しみは味わえないかもしれない。

……本当に、わたくしでよかったの？

思えば、自分にはこれといって取り柄はない。楽器はたしなみ程度、歌を詠んでもどこかで聞いたようなものになってしまうし、裁縫の腕前も普通だ。何なら内侍司の女孺が気を利かせて縫っておいてくれたときのほうが、仕上がりがよかったりする。

藤原豊隆との婚約が破談になったこと、それ自体は結果的によかったと言えるが、実は恋の手練《てだ》れだった豊隆が途中で睦子に乗り換えたのは、きっと、許婚は面白みのない女だ、妹のほうが結婚して楽しいはずだと、判断したからだろう。

やり取りしていた文は平凡なもので、心を引きつけられるだけの何も感じなかったからこそ、あっさり婚約を放棄したのではないか。

ゆっくりと頭を動かして、淑子は御簾の向こうの外を見た。

——姫君。

橘典侍以外の呼び方でと言ったとき、誠明は自分をそう呼んだ。顔をさらすことも臆さない、大声で揉めごとを止め、刺々しいと嫌われているいまの自分には、もはや不似合いな呼び方だ。

それとも誠明は、姫君と呼ばれるのが自然な女を、本当は好むのだろうか。あるいは自分を、姫君と呼ぶにふさわしい女だと、勘違いしているのか。

……そういえば。

誠明は、この気の強さを、やさしさだと言ってくれた。女童を背にかばって女房と言い合いをしているところを見たとも。

しかし、誠明がどこの女房との言い合いを見たのかで、印象はだいぶ違うはずだ。藤壺や麗景殿相手ならまだおとなしいほうだが、承香殿相手のときなどはほぼ怒鳴り合いだし、ときには腕や襟首を摑んで、女房同士の取っ組み合いの喧嘩を引きはがすことだってある。

およそ姫君らしくない、決定的なところを見ていないから、求婚したし、姫君とも呼べたのではないだろうか。

もし、そうだとしたら——いつか誠明は、この求婚を後悔するかもしれない。

そのとき自分は、どうすればいいのだろう。家から逃げて、次は後宮からも逃げるのか。

……やっぱり、結婚は怖いわ。

力なく脇息にもたれながら、淑子はただ、御簾の外を眺めていた。

だらだらと時を過ごすうち何度かうたた寝をくり返し、気がつくとあたりが薄暗くなっていた。

もう日が暮れたかと思いきや、そうではなく、空が鈍い色の雲に覆われていたせいだった。朝から曇天ではあったが、いよいよいつ降ってもおかしくない雨模様になっている。

いま何刻くらいだろうと思いながら、淑子は体を起こして廂の際まで這《は》っていき、御簾を持ち上げた。やはり風が湿っている。

ふと庭に目をやると、南門から誰か入ってくるのが見えた。とっさに御簾を下げたが、それが深緋の袍だったことに気づいて、淑子は再度、御簾を上げる。……やはり誠明だった。

何となく、今日は居留守を使ったほうがいいように思ったが、御簾を動かしてしまったせいで、すぐ誠明に見つかってしまった。

「姫君――」

足早に近づいてきた誠明が、淑子の曹司の前まできて声をかけてくる。その呼び方に、複雑な気分になりながらも、淑子は簀子に顔を出した。

「こんにちは。……誠明様」

「どうも。あの――」

誠明が口を開いたのと同時に、ぱしり、と叩きつけるような音がして、簀子に水滴が落ちる。途端に大粒の雨が降ってきた。

「え、ちょ……あ、上がってください！」

「あ――はい」

さすがに話が続けられる状況ではなく、誠明は昨夜と同じく階を上がってくる。しかし簀子にも雨が吹きかけてくるため、淑子は妻戸を開け、自分の曹司に誠明を招き入れた。

「いま何か拭くものを……」

「いや、大丈夫です。降ってきたばかりでしたから」

そうは言ったが、雨を避けようとした誠明の袍の袖は、色が変わっている。

「伏籠《ふせご》で干しましょうか」

「いえ、これぐらいなら、放っておけば乾きます」

それにしても——と言って、誠明は外を振り返った。

「急に降ってきましたね。降りそうな天気ではありましたが……」

「あっというまでしたね。……あ、雷まで」

短く雷鳴が聞こえた。

「まだ遠いようですが……大丈夫ですか」

「え？　ええ」

何が大丈夫なのかと訊こうとして、気がつく。雷が苦手ではないのか、誠明は心配してくれたのだ。

しまった。……ここは雷が怖いふりでもしたほうが、可愛げがあったか。

だが、いまさら怖がってみせても、完全に頃合いを逸している。手遅れだ。

「あ、あの、どうぞ」

淑子は円座を誠明のほうに押しやって、座るように促した。

「ありがとうございます。……ですが、あなたの敷物は」

「もうひとつありますから、どうぞ、お使いください」

文机の前から古い円座を持ってくると、淑子は昨夜より少し距離をとって、誠明の横に置く。

篠突《しのつ》く雨の音が響いていた。

「猫が、見つかりました」

「えっ？　……あ、杳姫ですか？」

「はい」

誠明はくつろぐ様子もなく、きちんと背筋を伸ばして座っている。

「今朝、校書殿の外でしきりに猫が鳴く声がするもので、見にいきましたら、三毛の猫が杳姫と一緒にいまして」

「……乾の衛士ですか？」

「昨夜の猫に似ていたように思います」

それなら、本当に乾の衛士は、話を聞いてくれたのだ。

「どうやって捜しあてたのかはわかりませんが、昨夜、姫君が頼んだとおり、杳姫を連れてきてくれました」

居ずまいの礼儀正しさはそのままに、だが誠明の声には、おそらく猫が依頼を受け入れたことに対する驚きからくる興奮のようなものが、わずかに含まれていた。

「杳姫の世話をしていた中原どのも、すっかり元気になりまして……。あなたのおかげです」

「わたくしではなくて、それは乾の衛士のおかげでしょう……」

淑子は笑って首を振る。やはりあの猫が、最も賢かったようだ。

「では、猫に何か礼をしたほうがいいでしょうか」

「そうですね……でしたら、次にまた乾の衛士がここへ来たら、わたくしから干した小魚でもあげておきましょう。ときどき集まる猫にあげているんですよ」

「ありがたいですが、それも手間でしょう。やはり、あなたにも何か礼を……」

生真面目に提案してくる誠明に、淑子は声を立てて短く笑った。

「わたくしは、たいしたことはしておりません。お気になさらないでください。杳姫が無事に見つかったのなら、それでいいんです」

「……そうですか」

誠明の声色から、わずかな興奮の気配が消える。……何か礼をしたかったのだろうか。だが、こんなに些細《ささい》なことで礼をしてもらおうとは思っていない。

「杳姫のことを……知らせにきてくださったのですか？」

「はい。明日の奏請のときにでも、と思ったのですが、明日、あなたの番かどうかわかりませんでしたので」

「明日はもとからわたくしの番でしたので、わたくしがまいります」

「そうでしたか。……では、今日わざわざ言わなくてもよかったですね」

「いえ、それは――」

がっかりさせてしまった。表情にほとんど変化はないのに、声でわかってしまう。

「いい知らせですから、早く聞けてよかったです。ありがとうございます」

淑子がそう言うと、誠明の目元がやわらいだ。

雷鳴が低く轟《とどろ》く。今度も怖がれなかった。

「……和琴を、弾かれるのですか」

誠明が曹司の隅にあった和琴に気づいて、興味ありげに目を向けた。

「あ、ええ。少し。……全然上手くはありませんけれど」

先にそう言っておかないと、得意だと思われたら困る。本当に暇つぶしにしか弾かないのだ。

「そんなことはないと思いますが」

「えっ？」

「ちょっと失礼します」

誠明は膝を進めて和琴に近づくと、一緒に置いてあった琴軋を手に取り、弦を爪弾き幾つかの音を出す。

「……ああ、やはり、これだ」

「あの……？」

誠明は円座に戻り、座り直した。

「宣陽門横の宿所を使っていたとき、何度か和琴の音色を聴きました。梨壺から聴こえてくることはわかっていたのですが、弾き手があなただとは知らなかった」

「……」

「聴こえたのは、この和琴の音です。変に気どったところのない、素直な音色でした。あなたが弾き手だったのなら、納得がいきます」

心の奥が、大きくざわめいた。

ざわめきが、苦しさを感じるほどに胸を掻《か》きまわす。

自分がいま何に動揺したのかがわからないことに、余計うろたえて、淑子は視線をさまよわせる。

「……でも、上手くはないんです。本当に。滅多に弾きませんし……」

「楽器は気が向いたときに、心のままに弾けばいいものだと思いますよ」

「誠明様は——」

琵琶が得手なのでしょうと言おうとして、その情報は夏実からもたらされたものであって、誠明の口からは何も聞いていないことを思い出した。

「……何か、楽器を弾かれるのですか」

「笛も琴もやりますが、一番は琵琶ですね」

夏実の話は正しかったようだ。……では、やはり、琵琶の姫君のことも。

「琵琶が……お好きなんですね」

「そうですね。時間が空いたときには、大抵、琵琶を弾きます」

それほど好きなら、何故、琵琶の姫君と結婚しなかったのだろう。……これだけは訊くに訊けないが。

いや、琵琶の姫君とは言わずに、尋ねることはできるだろうか。かつて結婚を考えた相手はいるのかと。それをいま訊くのは、唐突すぎるだろうか。

では、いつ訊けばいいのか。

「……」

淑子が口を開きかけたそのとき、雨音に混じって、聞き慣れた声が近づいてきた。

「……子、淑子、いるのか淑子……」

父だ。また性懲りもなく、娘の名を大声で呼んで。

いや、いまはそれどころではない。

「あの——すみません。隠れてください」

「え?」

「父です。父が来ました。ややこしくなりそうなので」

上手く説明できないまま、淑子があたふたと衝立を指さすと、誠明は何も言わず、すぐに立って衝立の後ろに身を隠す。淑子は誠明が座っていた円座を、とっさに衣の裾で覆い隠した。

そこへ父の基則が、あまり上品ではない足音を立てつつ、几帳を押しのけて曹司に入ってくる。

「淑子、おまえ、どうしたのだ。どこが悪い——ん?」

「……何事ですか、お父様」

淑子が思いきりにらむと、基則は目を瞬かせて立ちつくした。

「おまえ、具合は」

「いたって元気でございます」

「いま内侍所に行ったが、おまえは調子が悪くて早く引きあげたと掌侍に聞いたぞ」

「体の調子は何ともございません。今日は珍しく、あれこれと失敗をいたしましたので、気分が落ちこんでいただけでございます」

「気分か。何だ、まぎらわしい……」

基則は拍子抜けしたように、口をぽかりと開けた。

「御心配をおかけしまして、申し訳ございません。……ですが、お父様。何度も申し上げておりますように、娘の名を大声で呼ぶのは、おやめくださいませ」

「む……」

いつもならもっと強い口調でとがめるところだが、今日は衝立の裏に誠明がいる。だからできるだけ、控えめに抗議したのだ。だが、それでも父は、気まずそうに目を逸らした。

「わたくしは大丈夫でございますので」

どうぞお引きとりを――と言おうとしたら、基則は腰を屈めて淑子を見る。

「おまえ、あの件はどうなったのだ。源蔵人の求婚は」

「……」

本人が、すぐそこにいるのだが。

「そのお話のために、内侍所へ？」

「おまえが自分に任せろと言ったきり、何も知らせてこないからだろうが」

「……まだ五日しか経っておりませんので」

「何を悠長な……そんなに長引かせる話ではないだろう」

「急かさないでくださいませ」

「おまえ、源蔵人の何が気に入らん。何をそんなに迷うことがあるのだ」

「……」

だから、本人がすぐそこにいるのだ。淑子は思わず、額を押さえる。

「それは……わたくしにも、いろいろと考えたいことがございますので」

「何をだ」

「いろいろ、です」

「だから」

「もうすぐ四月です。忙しい時期なのです。なかなか落ち着きません。もう少し考えさせてください。何かありましたら、必ずお父様にお知らせしますから」

「しかしな、淑子」

「お願いします。……時間をください」

淑子は床に手をつき、頭を下げた。

もっと強気に、言いたいことを言ってしまうほうが、手っ取り早く父を追い返せただろう。しかし誠明に、親にまで愛嬌のかけらもない態度をとっているのかと、呆れられたくはなかった。

普段と様子の違う娘に、基則は明らかに途惑っているようだった。

「……おまえ、本当にどこも悪くないのか？」

「何ともございませんので、今日のところは御容赦を」

「む。……とにかく、あまり時を置きすぎるではないぞ」

「はい。かしこまりました」

しおらしく返事をすると、基則はやはりちょっと面食らったようだったが、娘がいつになくおとなしかったことに気をよくしたのか、胸を張って戻っていった。

父の足音が遠ざかり——完全に雨音しか聞こえなくなってから、淑子は大きく息をつき、衣の裾を直して、衝立の向こうに声をかける。

「お待たせいたしました、誠明様。もう大丈夫ですので……」

「はい」

誠明は衝立の後ろから出てくると、再び円座に腰を下ろした。

「あなたの名前は、きよこ……というのですね」

やはり聞かれていた。いや、聞こえて当然の声の大きさだった。

「……あの、淑景舎《しげいしゃ》の……淑の字の、淑子です……」

さすがに「淑《しと》やかの淑です」とは言えない。淑子は首をすくめてうなだれる。

「すみません。父は……本当に迂闊で……」

「具合が悪いと思って、心配して慌てたのでしょう」

いつも慌てているから困るのだが。

「……聞かなかったことにしましょう」

「え……」

顔を上げると、誠明は相変わらず生真面目に、きちんと背筋を伸ばしていた。

「名前は聞かなかったことにしますので、気にしないでください」

「……お気遣いありがとうございます……」

聞かれてしまったことに変わりはないのだが、誠明の心遣いは素直に嬉しかった。

「……ただ、返事は……」

「え？」

「いえ。……何でもありません」

誠明はそれきり、口をつぐむ。

返事は。……求婚の返事はどうなのかと、誠明も尋ねようとしたのか。

でも。

どうしたらいいのか。

「今日はこれで――」

しばらくの沈黙の後、誠明はそう言って立ち上がった。

「失礼します。……また明日」


翌日、誠明は清涼殿で顔を合わせても余計な会話はせず、ただ仕事の話だけで終わってしまった。

もちろん互いに役目があるのだし、雑談をして肝心の奏宣が疎《おろそ》かになってはいけないので、それでいいのだが、次にいつ曹司を訪ねるとか、そういう話くらいはひと言あるかと思っていたため、いささかすっきりしない気分になってしまった。

だが、誠明がこれまで、いついつ訪ねると予告したことはなく、むしろ突然訪ねてくることばかりだったたし、こちらも来るときには知らせてほしいなどと頼んでいないので、また唐突に現れることがあるのだろうと、思っていたのだが。

四月に入って、月奏だの衣替えだの諸々の儀式だのと、慌ただしく過ごすあいだ、誠明は一度も淑子の曹司へは姿を見せなかった。

◇◇　　◇◇　　◇◇

「や、これは——源蔵人どの」

蔵人所町屋へ行こうと校書殿を出たところで誠明は、殿上の間から出てきたと思しき中納言橘基則とばったり顔を合わせた。

「こんにちは、橘中納言どの」

誠明がきちんと腰を折って挨拶をすると、基則は口の中でもごもごと挨拶を返し、少々慌てた素振りで近づいてくる。

「娘は、もう返事をしましたかな」

「……いえ、まだ何も」

月初めは内侍所も蔵人所も何かと忙しい。ただ、自分の奏請の日である今日は逢えるかと思ったのだが、橘典侍は手が離せない用事ができてしまったからと、代わりに伝宣に現れたのは掌侍だった。

「正月ほどではないにしろ、四月は内侍所も忙しいでしょうから、私は急ぎません」

「いや、それにしても……ぐずぐずして申し訳ない」

基則は腕を組み、大げさにうなってみせる。

「日ごろは親相手にもぽんぽんものを言う、まったく可愛げのない娘なのですがな。自分で返事をすると言うからには、すぐにでも結論を出すと思いましたが」

「……そうですか」

その姫君に求婚している男に対して、父親が「まったく可愛げのない」などと口にするのは、いかがなものだろう。こういうところが娘に迂闊だと評される所以《ゆえん》か。

「まぁ、忙しいのでしょうがな。しかし私はそもそも宮仕えなど反対だったのですよ。それを妻と娘で勝手に決めてしまって……まったく、昔は親に逆らうことなどなかったというのに、やはり娘に宮仕えなどさせても、いいことなどありませんな」

基則はそう言って、盛大にため息をつく。

「ああ、とにかく求婚の返事については、ぜひ急かしてやってください。典侍になって、どうにも勝ち気で生意気になってしまった。源蔵人どのも、あまりあれを甘やかさないよう、よろしく頼みましたよ」

愚痴っぽい口調で言うだけ言って、基則はいそいそと立ち去った。……娘を結婚させたいのならば、言わないほうがいいことばかりだったように思うのだが。

……まったく可愛げがない？

少なくとも、自分はあの姫君の、可愛らしいところしか見ていない。

猫のことを楽しげに話す様子とか、たいしたことはしていないと言って笑っていた表情とか——それを間近で見られただけでも、求婚したかいがあったというものだ。

だが、逢えば欲が出る。

もっと笑いかけてほしい。なるべく長く一緒に時を過ごしたい。できることなら、この手で触れてみたい——

もちろん、現実はそううまくいかない。正直、どうすれば結婚を承知してもらえるのか、皆目わからないのだ。

顔を合わせれば、嫌な顔もせず話をしてくれる。笑顔も見せてくれる。しかしそれは典侍として、ずっと蔵人所の者たちとも仕事をしてきたゆえに、男女問わず対面で会話することに慣れているからではないのか。

そうだとすると、逢って、気持ちよく会話してくれたとて、それは決して、自分が特別な存在たりえたからではない。

つまり、求婚の返事を先延ばしにされているのは、実は角の立たない断り方を模索しているからではないのだろうか。

橘中納言は、この縁談に乗り気だ。すぐにでも結婚させたい様子である。そういう父親の意図はわかっているが、したくもない結婚の話を先に進められても困るから、返事は自分でするると申し出たのかもしれない。

「……」

また、失望が近づいてくる。

逢いにいきたいが、逢えば、決定的な拒絶の言葉を聞くことになるかもしれない。それは、一日でも先のほうがいい。もう少しのあいだ、夢を見られるなら。

……淑子。

思いがけず聞いてしまった名を、心の内で、もう何度もくり返している。

きっと、声に出して呼びかける日など来ないのだと思いながら。

◇◇　　◇◇　　◇◇

顔には出さないよう努めていたが、淑子は不機嫌だった。

四月三日。三のつく日である。本来なら自分が伝宣に出向く日であり、予定どおりなら、誠明が奏請を行うと決まっている日でもあった。

先月末に清涼殿で会って以来、誠明と言葉を交わす機会はなかった。そして相変わらず曹司にも現れない。

誠明のほうからこちらを訪ねてこない限り、誠明と会うことはない。そう気づいてから、淑子の気持ちにどこか焦りのようなものが生まれていた。

何故、そんな気分になるのか——自分でも説明がつかないまま、それでも、三と五と九のつく日に自分が伝宣を務めれば誠明には会えるのだと思えば、焦りは抑えられていたというのに。

その肝心な伝宣に行けずにいる淑子の目の前に、それはそれは可愛らしい姫君が、無垢《むく》な微笑《ほほえ》みをたたえて座っている。

民部少丞清原光房の娘。それが、この姫君の素性だった。

更衣が一人、新しく入ってくるという話は聞いていた。そのために宣耀殿に局も用意されている。

更衣は帝の衣服の着替えに奉仕する役目の女官である。ならば四月一日の衣替えの前に参入してもよさそうなものだと思ったら、この更衣、昨年の豊明節会で五節舞を披露した舞姫のうちの一人で、帝たっての希望で更衣として召されたのだという。年は今年十六歳。話はすでに後宮内のあちこちに広まっており、早くも五節《ごせち》の更衣《こうい》という呼び名までついていた。

つまり帝の寵愛が約束されていると言っていい立場の姫君であり、帝の衣服云々という役目は、二の次なのだ。

そもそも更衣は十二人まで置けるというが、近年、更衣がそれほど後宮にいたことはない。先代の帝のときには二人ほどいたらしいが、先帝崩御の後にいずれも辞したという。そして現在の帝の御代《みよ》に更衣が置かれるのは初めてだ。

そんな五節の更衣が、どうして内侍所にいるのかというと——これが、更衣は後宮に来たばかりで不安だろうから、典侍のうちの誰かが案内や説明をしてやってほしいと、帝直々の仰せがあったからである。

そうなると、もはやその案内役は、淑子に決まったようなものだった。件の更衣は左大臣の後見で五節の舞姫を務めたとかで、右大臣と縁戚関係にある藤典侍は、そんな娘の世話などお断りだと突っぱね、宰相典侍も、面倒なことはやりたくないと逃げてしまった。

そんなわけで、淑子は典侍本来の仕事ではない役目を受ける破目になったうえに、誠明と会う機会まで逸し、すこぶる虫の居所が悪かった。

だが、典侍として働くこの五年のうちに、自分の機嫌を覚られないようにする程度のすべは、身についている。

「……昨年、五節の舞姫を務められたさいに常寧殿を使われたはずですが、その場所は憶えておいでですか」

淑子の問いかけに、五節の更衣はゆっくりと小首を傾げた。

「あのときは、とても緊張しておりまして……場所は、よく憶えておりません」

「そうですか。これから常寧殿を通って宣耀殿に入る道をお教えしますので、通れば思い出すこともあるかもしれませんが」

それにしても──と、淑子は五節の更衣の顔を見て、考える。

垂れ気味の眉と目じり。ふっくらとした頬。小さいながらぽってりとした唇。

この、いかにも可愛らしく甘やかな面差し。どこかで見たことがある。正確には、この面差しによく似た顔を、であるが。

……藤壺の女御だわ。

そうだ、思い出した。第一皇子の母で、大納言の娘ながら、帝の寵愛を最も受けている女御。さすがに表には滅多に出てこないため、数えるほどしか顔を見たことはないが、垂れ目気味なところや肉感的な唇など、特徴がほぼ同じなのだ。

藤壺の女御のほうがもう少ししっかりしていそうだったという、印象の違いはあるが、たとえば二人が並んでいて、姉妹だと紹介されたら、特に疑いは持たないであろうくらいには、よく似ていた。

つまり――下衆《げす》な言い方をしてしまえば、帝はこういう顔が好みなのだ。

納得がいったところへ、自分に代わり奏宣に行っていた伊予の内侍が戻ってきた。

「……あ、伊予の内侍さん、ありがとうございました」

「いーえ。今日はそんなに多くなかったから、大丈夫よ」

「あの、奏請の方は……」

「今日は源蔵人だったわね」

やはり誠明だったのだ。淑子は腹立ちを、意志の力でぐっと抑えこむ。

「奏請、たくさんありましたか」

「灌仏会《かんぶつえ》のことが主にね。でも、たくさんじゃなかったから」

淑子に手を振って、伊予の内侍は自分の席に着いた。

「ところで、外、なかなかの人出よ。案内するなら気をつけてね」

「え？」

「話題の更衣をひと目見ようっていう女房が、うろうろしているの。早く行かないともっと増えるんじゃない？」

「……行ってきます」

これは面倒なことを聞いた。淑子は渋々立ち上がり、おっとりとあたりを眺めている更衣と、その後ろに控えている更衣付きの女房三人に、声をかけた。

「では、宣耀殿に御案内しますので、ついてきてください」

「はい」

五節の更衣は手にしていた蝙蝠扇《かわほりおうぎ》をゆったりと広げ、腰を上げる。藤の花が描かれた扇だった。

内侍所に残っていた掌侍たちの気の毒そうな顔に見送られつつ、淑子は五節の更衣らを伴って温明殿を出た。

……さて、どうしようかしら。

いくつかの通り道を教えておきたかったが、何しろ帝たっての希望で召された更衣だ。寵愛を競い合う女御たちの誰にとっても間違いなく疎ましい存在で、各々の女御に従う女房らが黙って見ていてくれるはずもない。

先導する途中、ちらりと振り返ると、五節の更衣は淑子からだいぶ後ろを歩いていた。……歩調が合わなかったようだ。

淑子が立ち止まると、更衣らはいかにも大儀そうに歩きながら、追いついてくる。ようやく淑子のところまでたどり着いた五節の更衣は、頬を紅潮させてほっと息をついた。そんな様子も実に可憐《かれん》だ。もともと自分が不機嫌でなければ、こんなにか弱そうな姫君を置いていったことに、申し訳なさを感じたかもしれないほどだった。

「もし——速すぎます。もっとゆるりと……」

更衣付きの女房が抗議の声を上げる。だが、こちらとしては、さっさと歩いてくれないと困るのだ。そうでなければ——

「あら、柊の典侍ではないの」

温明殿から綾綺殿を抜けて南廊に出たところで、伊予の内侍の言ったとおり、どこぞの女房らに行く手を阻まれた。これは——承香殿の女房だ。

「後ろの姫君は誰？　噂の五節の更衣かしら？」

「そのとおりですが？」

日ごろから何かと突っかかってくる女房どもである。機嫌の悪さも相まって、淑子の態度も、つい、きつくなる。

しかし、いつもならにらみ返してくる女房らが、今日はそんな淑子を通り越して、五節の更衣に冷たい目を向けた。

「ふぅん、この子が……」

「主上のお声がかりですって？　まぁ、たいしたものねぇ」

「本当、たいした肝の太さよ。たかが民部少丞の娘が、お召しに応じるなんて」

「遠慮するわよねぇ？　普通は……」

承香殿の女房らは、五節の更衣を上から下までじろじろと眺めながら、口々に嫌味を言う。まさに嫌味の手本にしてもいいくらいの、ねちっこい口調だ。

五節の更衣はおびえた様子でおろおろと女房たちを見まわし、更衣付きの女房らは、やはり立場を考えてか、言い返すことはしないものの、すごい形相で承香殿の女房らを見ている。

こんなところで足止めされていては、いつまで経っても宣耀殿に着けない。淑子はわざとらしいほど大きく息をついた。

「──もう、よろしいですか。通りますよ。どいてください」

「あぁら、柊の典侍ったら、いつからこの小娘の女房になったのかしら？　中納言の娘が民部少丞の娘のお守りだなんて、気の毒にねぇ」

「……」

淑子はあえて、嫌味を言ってきた女房の顔をじっと見すえる。それだけで、女房がひるんだ。

「たしかにこれは、典侍の仕事ではありませんが。わたくしはいま、主上の御命令で更衣を宣耀殿に案内するところです。言いたいことがあれば、主上にどうぞ」

さすがに帝の命令と言われては、それ以上の嫌味は続けられなかったようで、承香殿の女房らは、いまいましげに道を譲る。だが、ここを突破したところで、すんなり宣耀殿に行けるとも思えなかった。

案の定、常寧殿までの后町《きさいまち》の廊の途中で、わざわざ出張ってきた弘徽殿の女房らに捕まり、承香殿の女房らほど露骨ではないながら、充分な嫌味を聞かされた。そして常寧殿を抜けたところでは、待ち構えていた麗景殿の女房らに囲まれ、五節の更衣の昨年の五節舞は、麗景殿の女御の父である左大臣の後見で行われた話から、後宮での立場の違いまでをこんこんと説教された。そこをどうにか解放され、ようやく宣耀殿に到着すると、物陰に潜んでいた藤壺の女房らから、遠巻きに非難の言葉を浴びせられ――淑子はそのつど、自分が帝の命令を受けた、ただの案内役であることを説明してまわる破目になった。

どうにか宣耀殿に入ってひと息つくと、五節の更衣は涙を浮かべて押し黙り、更衣付きの女房らは、すでに疲労困憊《こんぱい》の有様だった。五節の更衣がこの後宮でいかに歓迎されない存在であるか、この道のりで骨身にしみてわかったのではなかろうか。

……かわいそうといえば、かわいそうだけれど。

自ら望んで、ここへ来たわけでもあるまい。ただ召されるまま、周りに決められるままに更衣になったのだろう。

これが後宮というところなのだと理解したところで、五節の更衣がこの先どうするかは、こちらの知ったことではない。しかし、あえてひとつ意見するならば。

「これからは、できるだけ速く歩けるようになったほうがいいと思いますよ。少なくとも、さっきのわたくしくらいには」

「……え……」

更衣と女房らは、顔を見合わせている。

「わたくしからの助言です。速く歩ければ、あのように他所の女房にからまれても、逃げられます。身のこなしが素早ければ、衣の裾を踏まれて転ぶこともないし、行く手をふさがれても、避けて別の道にまわることもできますから」

「……」

再び女房らと顔を見合わせて、五節の更衣はか細い声でつぶやいた。

「……たいへんなところなのですね、ここは……」

……疲れた……。

昼になって、淑子は梨壺へ引きあげた。

まったく、とんだことに巻きこまれてしまった。こんなときは何か甘い唐菓子《からがし》でも食べたいが、手元には木菓子しかない。いや、いまはそれでもいいか。

そんなことを考えながら廂を歩いて自分の曹司まで来ると、仕切りにしている几帳を避けて中に入り——

「ひっ!?」

奥の衝立から姿を半分覗かせている人影を見つけ、淑子は思わず声を上げた。

すぐに振り向いた人影は、萌黄の直衣を着た誠明だった。

「すみません。驚かせてしまいました」

誠明は立ち上がり衝立の裏から出てきて、淑子に頭を下げる。

「びっくりしました……。物音も何も聞こえませんでしたので」

「黙って上がってしまったものですから、近くの曹司の者に気づかれないほうがいいかと思いまして、静かにしていました」

「それは大丈夫ですよ」

淑子は笑って、円座を誠明にすすめた。

「こちらの西隣りの女官は、子が産まれるので宿下がりしておりますし、そちらの角を曲がった東隣りは、もともと空いていますから。——どうぞ、お座りください」

「どうも。……だからここは静かなのですね」

誠明がうなずいて、腰を下ろす。直衣の袖が広がると、少し渋みのある香が微かに匂った。

「……薫物、変えられました？」

「はい。母が夏に使える香を合わせたからと送ってきたのですが、香りが硬すぎて、およそ夏らしくありません。母はときどき失敗作を寄越してきますので、今回もおそらく、まずい出来のものを押しつけられたのだと思います」

「あらあら……」

淑子が声を立てて笑うと、誠明も目を細めた。

「それでもきちんと使ってさしあげるんですから、いい息子さんだわ。——今日は、宿直ですか？」

「はい」

返事をし、誠明は声をいつもよりさらに低くした。

「……今日は、伝宣に来られませんでしたね」

「あ、ええ――」

苦笑しつつ、淑子も円座に座る。

「主上からの御命令があったんです。新しく参入する更衣を案内してほしいと」

「それは、昨年の五節舞の……」

「そうです。民部少丞の御息女です。もう五節の更衣と呼ばれていますよ」

「案内とは……」

「内裏を案内してほしいということでしたが、いろいろあって、宣耀殿に案内するのがやっとでした。何せ話題の更衣ですので、物見の女房が多くて」

「……何故、あなたがそんなことを」

誠明は同情と不審の入りまじった表情で、微かに眉をひそめた。

「わたくしにというより、典侍のうちの誰でもよかったのです。ただ、こういう役目を引き受けるのは、わたくししかおりませんので」

「それにしても、案内程度なら、上の女房にでもお命じになればいいでしょうに」

「そうなさらなかったわけは、わからなくもないです。上の女房にお命じになってしまったら、いかにも主上の御寵愛が深いのだと、皆が思うでしょうから」

上の女房は、帝に近侍して身のまわりの世話をしている者で、現在は主に御匣殿《みくしげどの》の女官らが伺候している。そんな帝の日常に最も近い女官が案内に出てきていたら、おそらくもっと騒ぎになっていただろう。

もっとも、誰に案内させたところで、そのような気遣いをしているという点では、いずれの女御も心穏やかではいられまい。この状況でも静観を保っていられるのは、梅壺くらいのものだろう。いまのところ東宮争いとも左右の大臣のいさかいとも無縁の梅壺だけが、淑子にとって唯一のありがたい存在だった。

……主上も、わざわざ火種を増やすようなことをなさらないで、梅壺の王女御様のような控えめで穏やかな方に、もっと気を配ってくだされればいいのに。

そんなことを考えながら、ふと顔を上げると、誠明がじっと淑子を見ていた。

「……とても疲れておいでのようだ」

「そう見えますか?」

「違いますか」

疲れては――いる。たしかに。とても疲れていた。でも、誠明の顔を見て、だいぶ気がまぎれている。

「そうですね。疲れました。でも、案内役は終わりましたので」

「……そうですか」

「誠明様が来てくださって、よかったです。こんな日に一人でいたら、気が滅入《めい》ったままでしたでしょうから」

そう言うと、誠明が一瞬だけ、困惑の表情をしたように見えた。……いまのは気のせいだったろうか。

「お役に立てたなら何よりです」

きちんと背筋を伸ばしたまま一礼する様子は、いつもの生真面目な誠明だ。

淑子は微苦笑を浮かべ、立ち上がる。

「誠明様。胡桃《くるみ》、召し上がりません？　母が送ってきてくれたんです」

「いただいていいのですか」

「ええ。たくさんありますから」

手箱の蓋を開けながら、淑子は不機嫌な気分も疲れも、もはや残っていないことに気づいていた。

第三章
のちに逢ふ日のはるけくは

帝に望まれて後宮へ入った更衣の案内役などという、面倒極まりない役目は、一度限りのことだと——少なくとも淑子は、その日の朝まで、そう思っていた。

誠明が奏請に来るとわかっている五のつく日、淑子は伝宣の順番を代わってもらって、伊予の内侍とともに清涼殿へ向かった。

ところが、である。

「——ですから、橘典侍どのに先導をお頼みしたいのです」

何故か清涼殿にいた五節の更衣とその女房らが、今日の宣旨を伺いにいこうとしていた淑子を捕まえ、いまから宣耀殿に送っていけと言い出したのだ。

通常、夜にお召しのあった女御は、夜明けには自分の殿舎へ戻る。更衣ももちろん同様に、夜が明けてから宣耀殿に帰ろうとしたらしい。

だが、清涼殿から出ようとすると、弘徽殿やら承香殿やらの女房が、大声で嫌味を言ってきたり、どこから持ってきたのか長い棒で足を突《つつ》いてきたり、裳の裾を踏んで転ばせようとしてきたりするので、恐ろしくて帰れないのだという。

「……だから速く歩けって言ったじゃないですか」

「ああまでひどいとは、私どもも更衣様も思っておりません……！　昨日とて宣耀殿からここへ来るまで、大変な道のりだったのですよ。通るはずの廊に夕餉《ゆうげ》の食べ残しが撒《ま》かれていたり、どこぞの女房が何十人と出てきて行く手を塞いだり……」

まぁ、それくらいのことはあるだろう。淑子は少しも驚かず、涙目の女房を見た。

「わたくしは典侍です。主上の宣旨を蔵人所へ伝えるためにここにいるのです。典侍の仕事は、あなたがたの送迎ではありません」

「でも――でも、主上は行き帰りに困ったら橘典侍を頼るといいと、仰せでございましたよ。いまも、橘典侍が来たなら送ってもらうといいと……」

とんでもない。淑子が絶句していると、近くにいた上の女房が進み出て、申し訳なさそうにうなずく。

「お願いいたします、橘典侍。たしかに主上は、そのように仰せでございました」

「……そんな」

冗談ではない。巻きこまれるのはごめんだ。

淑子が再度断ろうとしたそのとき、いかにも悲しげなすすり泣きが聞こえた。女房の背後で、五節の更衣がうつむいて肩を震わせている。

「お頼みいたします、橘典侍どの。これは主上の御依頼でもあるのですよ」

中でも年長の女房の、その強い口調に、というよりも、主上の依頼という言葉に、淑子は拒絶の意思を示し損ねた。

「それなら、せめて伝宣をすませてからでも」

伊予の内侍が助け舟を出してくれたが、上の女房が首を横に振る。

「それでは遅くなりすぎます。これ以上日が高くなってからでは、他所の女御様たちの手前、よろしくないでしょう」

「それじゃ――」

「伝宣は伊予の内侍が。橘典侍はいますぐに、更衣を送ってさしあげてください」

……最悪。

か細いすすり泣きを聞きながら、淑子は大きな大きなため息をついた。


柊の典侍はいつから五節の更衣の女房になったのだ、主上に頼まれて送っているのだ、新参の更衣に媚《こび》を売るとは見下げた典侍だ、そもそも誰のせいで送る破目になったと思っているのか――清涼殿から宣耀殿まで、こんな言い合いを各所の女房らと道々で何十回とくり広げながら、淑子はどうにか五節の更衣らを送り届けた。

とにかく時間がかかったので、もはや伝宣も奏請も終わっているだろうと、清涼殿には戻らずにそのまま内侍所へ帰ると、ちょうど伊予の内侍が他の典侍と掌侍たちに、先ほどの顚末《てんまつ》を説明しているところだった。

「――あ、やっと帰ってきた。橘典侍、お疲れ様」

「また五節の更衣を送ってきたんですって？　騒ぐ声がここまで聞こえてきたわよ」

伊予の内侍と按察の内侍に出迎えられ、淑子は自分の席にぐったりと腰を下ろす。

「ただいま戻りました……。あの、伝宣は……」

「源蔵人に伝えたわよー」

「……ありがとうございます……」

少しでも誠明の顔が見られたら、気分が落ち着いただろうに。

すると淑子の疲れた顔を見て、宰相典侍と藤典侍がそろって笑った。

「本当に損な役まわりねぇ、柊の典侍は」

「小娘に泣かれて頼みをきかされるくらいなら、あなたも泣いてやればよかったのよ。典侍に泣かれたら、小娘だって引き下がるしかないでしょうに」

「藤の君、無理です、無理。柊の典侍じゃ、嘘泣《うそな》きだって涙なんか出やしませんよ」

「まぁ、断れないなら、せいぜい小娘のお守りでもすることね。ただし、仕事の手を抜くのは許されないわよ。ここに残してあるから、きちんと目を通しておきなさい」

そう言って藤典侍は、手元の冊子箱を淑子のほうへ押しやると、大儀そうに立ち上がり、身舎から出ようとする。

「藤典侍、どちらへ？」

「右府様の北の方様からお誘いがあったのよ。それじゃ、お先に」

肥えた体を揺らしながら、藤典侍はさっさと出ていった。

「……残してあるって、これ、何？」

藤典侍の冊子箱を覗きこんだ播磨の内侍が、怪訝な顔をする。

「残したっていうより、押しつけ……」

「またですか。今月は儀式も多いと言うのに」

按察の内侍と弁内侍も嘆息しつつ、席を立って冊子箱の中身を確かめにきた。

「何、これ。藤典侍はいったい何をためこんでるの？」

「これは、擬階奏《ぎかいのそう》についての文書では？　何故ここにあるのです」

「……ああ、それは、あとでわたくしが整理しますから」

掌侍たちがぼやくのを聞き、淑子はそう言ってのろのろと背筋を伸ばして、硯箱の蓋を開ける。

「藤の君がどこで聞いてきたのかわからないものまで持っているのは、いつものことですし。いま、必要なものとそうでないものを分けます。今日は宰相の君もおいでですから、手伝って――」

「……あ、いない」

伊予の内侍の声に振り向くと、さっきまでそこに座っていた宰相典侍の姿はどこかへ消え、簀子に出るところの御簾が、微かに揺れていた。

「逃げられましたね……」

「すごい。気配がしなかったわ」

「あーもう……感心してる場合じゃないわよ」

「五節の更衣は、宰相典侍に速く逃げる方法を習ったほうがいいわね。――橘典侍、今日はわたしたちが手伝うわよ」

按察の内侍の申し出に、淑子は墨をする手を止めて、顔を上げる。

「大丈夫ですよ。宰相の君が逃げるのもいつものことですし、のんびりやります」

「今日は疲れてるでしょ。頼られるばかりじゃなく、たまには頼りなさいな」

「……でも」

本来なら、もう仕事は終わるころだ。だが掌侍たちは藤典侍が残していった冊子箱の中身を、次々と取り出していく。

「橘典侍。どうやら藤典侍は、だいぶ以前のものまで残しているようです」

「え？　……もしかして、前に探して見つからなかったものとか……」

「交じっているかもしれません。これは手分けしてやるべきです」

弁内侍に渋い表情で言われ、淑子は肩を落とした。

「ありがとうございます。……手伝ってください」


藤典侍から残された——というより押しつけられた、冊子箱にいっぱいの文書を、淑子と掌侍たちの五人がかりで整理していき、ようやく終わりが見えてきたのが夕刻近くだった。

「……こちらは、明日まとめて検非違使《けびいし》に渡せばいいと思います」

「それなら、あとは——」

後片付けに入っていたそのとき、ばたばたと派手な足音がしたと思ったら、御簾をはね上げて夏実が駆けこんできた。弁内侍が眉をひそめる。

「何です、夏実。騒々しい」

「あの――あのっ、例の更衣が、橘典侍さんを捜してます！」

「……は？」

　更衣といえば、五節の更衣しかいない。

　夏実は息を切らせながら、大きな手ぶりであちこちを指さした。

「あ、更衣っていうか、更衣の女房です。梨壺に勝手に入ろうとするから、みんなで橘典侍さんはいないって、止めたんですけどっ、次、たぶん、こっちに来ます！」

「……何で」

「だから、また送らせるつもりなんですよっ」

　その場にいた全員が、顔を見合わせる。

「――私が応対に出ましょう」

　弁内侍が落ち着いた口調で言い、淑子を見た。

「更衣が宣耀殿と清涼殿を行き来するたびにあなたが呼び出されては、こちらの仕事が思うように進みません。私どもも、それでは困るのです」

「そうよね。橘典侍って面倒見がいいから、押しきられて延々と送迎させられそう」

「出ないほうがいいわね。――はいはい、こっちに来て、隠れてなさい」

「え、ちょっ……」

淑子はあっというまに近くにある几帳の裏に押しこめられ、伊予の内侍がその几帳の前に、どっかりと腰をすえる。

几帳の切れ目から様子を見ていると、ほどなく梨壺と温明殿を結ぶ渡廊を通って、女房が一人、こちらの簀子に上がってきた。

「もし――こちらに橘典侍どのはおいでですか」

更衣付きの女房の中で、一番年長だった者――年長といっても、淑子と同じくらいの年と見えたが、その女房の声だ。弁内侍がすかさず、御簾越しに前に立つ。

「何者です。名乗りなさい」

「……私は更衣様の女房、高辻《たかつじ》です」

高辻という女房は、弁内侍の厳しい口調にひるんだのか、幾らか声をひそめた。

「橘典侍は、もうここにはおらぬ。更衣の女房が、内侍所に何の用ですか」

「更衣様が主上のお召しにお応えして、清涼殿に行かなくてはならないのです」

「行けばよいでしょう」

「橘典侍どのに送ってもらわなくては行けません。橘典侍どのはどちらに……」

高辻が御簾に体ごとぶつかるように前に出る。はずみで御簾の隙間が大きく開き、高辻が中を覗いたようだったが、弁内侍がすぐに御簾を手で押さえて、落ち着いた、だが依然として厳しい語調で返事をした。

「我らは残っているが、典侍の皆様はすでに引きあげておいでです」

「では、橘典侍どのはどこにおいでなのです。居場所を教えてください」

このままでは弁内侍にも迷惑だ。やはり自分が応対に出るべきではないかと、淑子は身を起こそうとしたが、隣りにいた播磨の内侍に、すかさず肩を押さえられる。

「主上のお召しにお応えしようとしても、邪魔が入るのです。困ったことがあれば、橘典侍どのを頼るようにと、主上は仰せでございました」

「橘典侍は更衣の女房ではありませんよ。それは主上とて御承知のはずです」

弁内侍の一歩も退こうとしない態度に焦れたのか、高辻は声を上ずらせた。

「更衣様は、主上直々の御要望でここに来られたのですよ。どの女御様より御寵愛が深いのです。私どもを邪険に扱って、内侍といえどもただですむとお思いですか」

高辻のその言葉に、御簾の内にいる全員の顔色が変わる。

「……昨日今日こちらへ来たばかりで、そのように我らを脅せる度胸があるのなら、なおさら橘典侍の助けなど必要ありますまい」

弁内侍の剣呑《けんのん》な様子が伝わったのか、高辻ははっと口を押さえた。

「あ、その、これは、あの、もののたとえで……」

「いまの言葉、そっくりそのまま、清涼殿への道々で言ってまわるとよいでしょう。きっと皆、恐れをなして逃げていってくれますよ。——下がりなさい」

さすがにこれほどの失言をして、なお居直ることはできなかったのか、高辻は横にある妻戸を開けて、すごすごと去っていく。

「……行ったわね？　夏実、一応見てきて」

夏実はすぐに高辻のあとを追い、しばらくして戻ってくると、大丈夫ですと告げた。

「宣耀殿に帰ったみたいです。このあとどうするかはわかりませんけど……」

「ですって、橘典侍。出てきていいわよ」

伊予の内侍にうながされ、淑子は這うようにして几帳の裏から出る。

「……ありがとうございます、弁内侍さん。皆さんも……」

頭を下げた淑子に、掌侍たちは苦笑しつつ、先ほどの高辻の態度について、口々に呆れた声を上げた。

「五節の更衣も女房があれじゃ、ますます揉めるんじゃない？」

「できるだけ関わらないほうがいいわよー、あんなの……」

いつまでこれが続くのか——淑子はしばらく、起き上がる気力もなかった。

用心して用心して、淑子が梨壺の曹司に帰れたのは、日が暮れたあとだった。

すでに釣燈籠《つりどうろう》や燈台に火が点されており、淑子は自分の曹司を見まわして、荒らされた形跡のないことに安堵する。高辻は、ここには踏みこんでこなかったようだ。

淑子は普段使っている円座にくずおれると、脇息に顔を伏せて大きく息を吐く。

これまで揉めごとを収めに駆り出されたことは数えきれないが、それとて何日かに一度のことだし、大概、いさめればすぐに退《ひ》く。

しかし今度は厄介だ。これが新しい女御というのであれば、ここまでの騒ぎにはなるまいが、女房ら曰《いわ》く「たかが民部少丞の娘」だ。民部少丞とて世間的にはそれなりの役職だが、後宮ではそうは見てもらえない。左大臣の後見があったことがもう少し有利に働くかと思ったが、麗景殿までもが容赦なく接しているところを見るに、後見はあくまで五節舞だけのことのようだ。

淑子はもう一度深く息をつき、頭を上げる。すると曹司の隅に置いた和琴が、視界に入ってきた。

「……」

少し頭を休めたい。そう思って体を起こし、琴軋を手に取る。まだ寝るには幾らか早い時間だが、それでも他の女官たちの邪魔にならないよう、控えめに爪弾いた。

奏でるというよりは、ひとつひとつ、音をたしかめるように。ゆったりと、気がすむまで弾いて――淑子は琴軋を置いた。

「……もう、終《しま》いですか」

突然話しかけられ、淑子は思わず、ひゅっ、と息をのむ。いや、もう耳に慣れた声ではあるのだが。

「誠明様……いつからそこに……」

誠明は衝立の陰からのそりと姿を現し、肩を丸めて頭を上げた。

「また驚かせてすみません。外にいたのですが、あなたの和琴が聴こえたもので」

「……え？　外？」

「もう遅い時間ですから、中で待っては失礼かと思いまして、そこの階に」

「そんな……構いませんから、中にいてくださっても……」

いつもは昼間に来ていたのに、珍しい――と思って、淑子は気がついた。

「……もしかして、昼からずっと待っていらしたのですか？」

和琴を脇に押しやって誠明のほうに膝を進めると、誠明は少し視線をさまよわせる。微かに梅花の薫物が匂った。あの渋みの強い薫物はやめて、元に戻したらしい。

「今日は、ずっとというわけではありません。昼間あなたが不在でしたので、宣陽門のほうから内侍所の様子をうかがいましたら、忙しそうにしている声が聞こえましたので、一度帰って出直してきました」

「八条から？」

「はい」

それは——ずいぶんと面倒なことをさせてしまった。

そういえば、誠明は朝に清涼殿で会えなかった日は、いつも昼からこちらに来てくれていた。それを思い出せていれば、今日も昼から待っているかもしれないと、気づけたのに。

「ごめんなさい。近くはないのに……」

「いえ。ちょうど家から持ってきたいものもありましたので。——これを」

そう言って、誠明は袖の下から何か取り出した。布包みのようだ。中からさらに、紙包みが三つ出てくる。

「少々暗いので、開けないと区別がつきませんが……ひとつは蘇《そ》で、あとのふたつは粉熟《ふずく》と糫餅《まがりもちい》です」

「……えっ？」

さすがに蘇や甘い菓子は、家からとて滅多に送られてこないというのに。

「いずれも八条の家で作りました。先だって、あなたがとても疲れておいでだったので、何かないかと考えていましたら、家の者が、体が疲れたときは滋養のあるもの、心が疲れたときは甘いものがよいと言いまして」

「それで、これを……？」

「今日も疲れているでしょう。伊予の内侍から伝宣に来られなかった事情は聞きました。災難でしたね」

小さく震える燈台の火が、誠明のいたわりの表情を照らす。

……ああ。

淑子は唐突に理解した。ずっと心がざわついていた――何かのはずみで外にあふれ出そうなほどにざわついていた、それが、何であるのかを。

……好きなのね。

もう、とっくに恋だったのだ。

淑子はがくりと頭《こうべ》を垂れ、両手で顔を覆った。

「……姫君？」

耳にやさしいその声が、かえって、口にしかけた言葉を押しとどめる。

あなたと結婚したい、と。

いまはまだ、言ってはいけなかった。

いま、自分はたしかに疲れている。朝から気分がささくれ立って、誠明のやさしさで、やっと心がやわらいだばかりだ。こんなときに求婚の返事をしたら、まるでこのやさしさを、当てにしているようではないか。

今日ではない。返事はしたいが、今日では駄目だ。

それに、もしもだが――もしも誠明に、食べものにつられて結婚を承知したように思われたら、こんなに恥ずかしいことはない。

「大丈夫ですか、姫君……」

「……すみません。お心遣いが嬉しくて……」

にじんだ涙を素早く拭って、淑子は顔を上げた。

「ありがとうございます。いただきます。粉熟も糫餅も、大好きです」

「……それはよかった」

誠明は明らかに安堵した様子を見せる。

結婚を承知して、でも、あとでこんな女だったのかと失望されることが、怖くなくなったわけではない。きっと自分は、誠明が思っているほどやさしくもない。

それでも、気づいてしまったら、この想いを放っておくこともできない。

そして、誠明がこうやって自分を気遣ってくれるということは、まだ求婚の返事を待ってくれているはずなのだから。

もう少し先だ。

もう少しして落ち着いたら、きっと返事をしよう——

翌朝、内侍所に入った淑子を待っていたのは、苦々しい顔をした掌侍たちだった。

「先ほど知らせがありました。本日は、藤典侍も宰相典侍もおりません」

「……あら」

「藤典侍は右府様の北の方に引き止められて、今日は帰れないと。宰相典侍は気分がすぐれず、休むそうです」

「いつもの面倒くさがりでしょ、宰相典侍は」

弁内侍の説明に、播磨の内侍がふん、と鼻を鳴らす。伊予の内侍も片足で床を踏み鳴らして怒った。

「それより藤典侍よ、藤典侍！　昨日あれだけ人に押しつけて、絶対文句言ってやろうと思ってたのに！」

「……それなら今日の伝宣は、わたくしが行くしかないですね」

淑子はうなずいて、弁内侍を振り返る。

「奏請はどなたでしょう？　昨日は誠……源蔵人様でしたけれど」

「一昨日が蔵人少将でしたので、今日は紀蔵人か六位蔵人の誰かではないかと」

「ああ、そうなんですね」

一応確認はしたが、今日は豊隆のことなどどうでもよかった。

昨夜、誠明は淑子とともに少し菓子を食べ、曹司に戻るのが遅くなった理由、高辻が押しかけてきた顚末を聞いて、それだけで帰ってしまった。あまり遅くまで居座っては迷惑だろうから――などと言っていたあたり、やはり生真面目だ。

だが、近く逢えたら求婚の返事をすると決めたためか、淑子の心はすっきりとしていた。もらった菓子のおかげもあって、疲れも残っていない。おかげで藤典侍と宰相典侍がそろって不在だと聞いても、腹も立たなかった。

「今日は播磨さんでしたよね。お願いします」

「はいはい。じゃ、行きましょうか」

淑子は播磨の内侍と連れ立って温明殿を出て、清涼殿へ向かう。

ところが承香殿の前まで来たところで、いきなり脇の南廊から出てきた人だかりに行く手を阻まれた。

「ちょっと、何なの、これ——」

「……あ」

嫌な予感がして、淑子は足を止める。

「播磨さん、これ、まずいです。一度戻りましょう。早く……」

だが次の瞬間、大騒ぎとなっている人だかりの中から女房が一人、突進——まさに突進と言っていい勢いで、こちらに向かってきた。

「橘典侍どの、ああよかった、お助けを……！」

播磨の内侍を置いていけなかったぶん初動が遅れてしまい、淑子は高辻にがっちり腕を掴まれる。助言はしたが、たった三日で立派に足が速くなったようだ。できれば追うより、逃げるほうに徹してほしかったが。

「放してください。わたくしはこれから仕事です」

「清涼殿でございますね？　一緒にお連れください。——更衣様、更衣様こちらへ。

橘典侍どのが送ってくださいます！」

「ちょっと、勝手なこと言わないで……」

「――またなの、柊の典侍!?」

人だかりを形成していた女房らが、怒りの形相でこちらにつめ寄ってくる。全員、承香殿の女房のようだ。

「あなたね、典侍でしょ!?　口を出してこないでちょうだい！」

「やっぱり左府の味方？　いつからそういうことになったわけ？」

「こんな小娘のお守りが仕事だなんて、ますます御立派になったものねぇ――」

普段から揉めごとや喧嘩が特に多いのは、この承香殿の女房たちだが、それにしても今日の騒ぎ方は尋常ではなかった。いつものように一喝しても収まりそうな雰囲気ではない。

人だかりの中から揉みくちゃになりながら脱出した、五節の更衣ともう二人の女房が、高辻とともに背後にまわりこみ、淑子を盾にしてきたことで、承香殿の女房らの罵声と嫌味が、さらに大きくなる。

巻きこまれたかたちとなった播磨の内侍は、横であ然としていた。

「ちょっと……橘典侍、これ、収拾つかないわよ」

「……行きましょう」

「え？」

「播磨さんの言うとおり、収拾つかないです。だから、このまま行きます」

「……それしかないか」

播磨の内侍は肩をすくめ、わあわあとわめく女房らの脇を足早にすり抜けていく。この件に無関係な播磨の内侍はそれで通れたが、そのあとについていこうとした淑子は、取り囲んでくる女房らを、無理やり押しのけて進む破目になった。

摑みかかってくる手を振り払い、裳を何度も踏まれながらも転ばないよう踏みとどまり、どうにかこうにか播磨の内侍についていき、承香殿の前を通過する。

その間も更衣は女房らに支えられ、泣きながら必死に淑子に追いすがっていた。淑子と播磨の内侍、五節の更衣らの四人に、承香殿の女房ら十数人の一団が、ようやく清涼殿に近づいてくると、今度は弘徽殿のほうから女房が数人、顔を出した。

「まぁ、いったい何の行列なの……」

「あれを見て。恥知らずの更衣よ」

「どうしていま時分ここにいるの？　あれの局は宣耀殿ではなくて？」

聞こえてくるはっきりとした嫌味に、そういえば、と淑子も思う。朝なのだから、いまから更衣が清涼殿へ行くのはおかしい。夜、お召しがあってから行くものだろうに。昨夜はあれからどうしたのか。いや、いまはそれどころではない。とにかく少しでも早く清涼殿に着かなくては――

弘徽殿のぶんが増えた嫌味を聞き流し、淑子が播磨の内侍とともに、清涼殿に渡る北廊に入ろうとしたそのとき、正面に現れた深緋色の袍に進路をふさがれた。

一瞬、誠明かと思って喜びかけた気持ちが、顔を見てあっさりと叩《たた》き潰《つぶ》される。

「やぁ――これは柊の君」

「……」

何故、よりによってここに藤原豊隆が出てくるのか。

すると露骨に嫌な顔をした淑子をかばうように、播磨の内侍が一歩前に出る。

「あら、蔵人少将様。本日は少将様が奏請でしたか？」

「私ではないよ。弘徽殿に用があって行くところだったのだが……しかしここで愛しき君にめぐり逢えたのだから、もうどこにも行かずともよいな。ずっと顔を見たかったのだよ、つれない柊の君……」

すらすらと口説き文句を並べながら、豊隆はさりげなく播磨の内侍を脇に押しやって、扇の先を淑子の顎に添え、体を斜に構えて顔を寄せてこようとする。すると心底うんざりしている淑子の表情が見えていない背後の女房らの中から、何人かの悲鳴が上がった。

「わけのわからないことは結構ですから、どいてもらえますか。急いでいるんです」

淑子は頭を引いて距離をとりつつ自分の扇を広げ、迫ってくる世間で美形と言われているらしい顔を遮断する。しかし背後からは、女房らの金切り声が浴びせられた。

「何なの、この柊！　よくも少将様に色目を——」

「嘘でしょう!?　ありえないわ、少将様がこんなやかましい女を……」

「柊の典侍、あなた左府に味方して、そのうえ右府様にまでいい顔するの!?」

もはや攻撃は更衣ではなく、淑子に向いている。さすがに淑子は振り返った。

「いいかげんにして。全部言いがかりです！　何もかもわたくしには無関係——」

「はっきりなさい、柊の典侍！　あなたどちらの味方なの!?」

「いつもいつもあたしたちを馬鹿にして、やっぱり左府の味方なのね!?」

……駄目だわ、これ。

冷静さを保った者が一人もいないこの状況で、話が通じることはないだろう。

そしてさっきまで後ろにくっついていた五節の更衣らは、この騒ぎに乗じてこの場を脱出していたようで、すでに北廊の先を歩いていた。自分を人身御供《ひとみごくう》に、まんまと逃げおおせたわけだ。これはこれで腹が立つ。

「どうかな柊の君。賀茂祭が終わったら、私の家に来ないか？　睦子を呼んだことはないが、柊の君なら……」

「少将様から離れなさいよ、この出しゃばり女！」

「そうよ、あんたなんか――」

前方からまったく心に響かない口説き文句。後方からやたらに耳に響く罵声。

淑子は裳を踏まれていないか慎重に確認しつつ、こんな中でも見捨てずに付き添ってくれる播磨の内侍に目をやった。

「……播磨さん、走れますか」

「あっちの端くらいまでなら、何とかいけるかしら」

「お願いします。……ひの、ふの」

み――で、淑子は播磨の内侍と一緒に走り出す。

正面にいた豊隆の横を無理に通るかたちになったため、淑子の片肘が豊隆の脇腹に思いきりぶつかってしまったが、そんなことに構っている暇はない。

一撃を食らって声もなく腹を抱えてうずくまる豊隆が、都合よく足止めになったのか、あるいはさすがに大人数で清涼殿の中まで押しかけることはできなかったのか、承香殿の女房らは、それ以上追ってはこなかった。

だが、普段は早足すらしないのに、淑子とともに走る破目になった播磨の内侍が、ぐったりとしてしばらく動けなくなってしまったため、その日の伝宣はだいぶ遅れることになってしまったのだった。

◇◇　◇◇　◇◇

誠明は帝に呼ばれ、清涼殿の朝餉間にいた。

明後日の四月八日は灌仏会で、両親が寺での法要を予定しており、その準備のために今日は早く帰るつもりだった。しかし仕事が終わるころになって、帝が碁の相手を希望しているとの知らせがあり、参上することになったのだが。

「ああ――すまない。遅くなったな」

盤と碁石を前にしたまま待っていると、半刻ほどして帝が姿を見せた。

「もっと早く来ようとしたが、更衣に引き止められていた」

「……五節の更衣ですか？　お召しには少々早いのでは」

まだ昼過ぎだ。女御や更衣を呼ぶ時間ではないと思うが。

「いや、それが、昨夜呼んだのだが、来なくてな。どうやら他所の女房どもが、更衣をここに来させまいとしているらしい。それで、朝になってから来て、まだここにいるのだが――」

帝は苦笑しながら、黒い碁石を手に取った。

「行くも帰るも邪魔が入るから、ずっとここにいたいと泣くのでな。そうは言ってもずっとは置けないから、今日はもう宣耀殿に戻るように説得していた」

「……それで、橘典侍に更衣の送迎を命じられたのですか」

誠明は碁石を持たず、膝に置いた両の手を握りしめたまま、じっと帝を見る。

「橘典侍？　……いや、命じてはいないが」

「しかし現に、橘典侍はたいへんな迷惑をこうむっています」

「……更衣が橘典侍に親切に案内してもらったと言って、ずいぶんと気に入っていたようだったから、それなら何か困りごとがあれば、橘典侍を頼るといいとは言った。

橘典侍は典侍の中でも特にしっかりしているから、頼りになるだろうと。だが、直接橘典侍に、更衣のことで、何か命じたようなことはないはずだが……」

困惑の表情で、帝は首を傾げていた。つまり、帝にはその自覚がなかったわけか。

「主上がそのおつもりでも、『行くも帰るも邪魔が入る』更衣にとって、それは充分な困りごとなのでしょう。しかし頼られる橘典侍があまりに気の毒です」

「まさか、宣耀殿とここを行き来するたびに？」

「更衣の女房が捜しまわってでも橘典侍を連れていこうとするので、本来のお役目に支障が出ていると、掌侍からも聞きました」

「まさか――いや、そうか。今朝、来るのが遅かったのは……」

帝は眉間を皺《しわ》めて、何かつぶやく。思いあたることはあるようだ。

「五節の更衣の参入で、後宮にかなり波風が立っているらしいとは、蔵人所でも話題になっています。ですが内侍所は、そのようなこととは関わりはないはず」

淡々と話しているつもりでも、疲れた淑子の様子を思い出すと、常より口調が強くなっていた。

「わかった、わかった」

帝がひらりと片手を上げて、何度もうなずく。

「そこまで橘典侍に負担をかけていたとは知らなかった。更衣には今後、送迎を頼まないように注意しておこう」

「お願いいたします」

「しかし、珍しいな。誠明が女官のことを気にかけるとは」

帝の言葉に、誠明はほんの一瞬、わずかにまぶたを震わせたが、それ以上の表情の変化は見せなかった。

「……橘典侍には蔵人着任以来、何かと世話になっています。主上の仰せのとおり、たしかに頼りになりますので」

だが、それだけではない。自分にとっては、愛おしい、可愛い姫君だ。愛する人の弱った姿など、誰が見たいものか。

「そうだろう。そうだな。たしかに橘典侍には悪いことをした。ただでさえ頼りになるのに、これ以上頼る者を増やしてはな……」

帝が笑いながら、盤上を指して誠明を促した。誠明もようやく碁石をひとつ取り、盤に置く。

しばらく打ち合っていると、背後から失礼しますと声がした。誠明が振り返ると、小さな手箱を掲げ持った女官が三人、朝餉間の前に立っていた。

「菓子ができあがりましたが、各々の殿舎にお運びしてよろしゅうございますか」

「あとで持っていくから、いつものところに置いておいてくれ」

「かしこまりました。御湯殿上《おゆどののうえ》に置かせていただきます」

女官たちは一礼し、通り過ぎていく。

「――皇子たちに菓子を作らせたのだ。各々に持っていってやろうと思ってな」

「直々にお持ちになるのですか」

「皇子たちの顔を見にいく口実になるからな。――三人、平等に」

そう言って帝は腕を組み、少し難しい顔をした。

「いまはまだ、何事も三人に差をつけることはできない。……特に一の宮と二の宮は同等に扱わなければ」

ただ菓子を与えるだけでも、ということか。

「……まだ東宮をお選びにはならないのですか」

「早く選んでほしいか?」

「父と私は、それを望んでおります」

「そうだったな。だが、もうしばらく待ってほしい。……どうすれば、なるべく後に禍根を残さずにすむか、まだ答えが出ない」

いささか暗い声で言い、帝は碁石を打った。

帝の本音はわかっている。一番に寵愛する藤壺の女御が産んだ一の宮を、東宮にしたいのだ。しかしそれは、なるべく禍根を残したくないという意に反して、最も問題の多い選択でもあった。

……やはり、当分は難しいか。

結論が出るのは、いったい何年後になるのか――

どこかで猫の、まるで怒鳴るような鳴き声がする。

誠明は静かに息をつき、盤に白い石を置いた。

◇◇　◇◇　◇◇

それは、その日の日暮れ間近だった。

五節の更衣らが強引に清涼殿に同行してきたあげく豊隆にからまれ、周囲にいらぬ誤解を招き、どうにか伝宣をすませて内侍所へ戻るころには、すっかり「五節の更衣に媚を売り蔵人少将をたぶらかした女」という悪評ができあがってしまった淑子は、早々に仕事を切り上げて梨壺の曹司でふて寝していた。

慰めは、誠明が昨日持ってきてくれた菓子だけで、粉熟をちびちびとかじっては、この間違いに間違いを重ねた悪評が、誠明の耳に入らないことだけを祈っていた。

こんなことは、別に珍しいことでも何でもない。たまの儀式くらいの日常の変化に飽き足らなくなってきた誰かが、どこからか探してきた噂の種を、こんなものを見つけたと騒ぎ立て、同じく変化に飢えた者たちが、一緒に大騒ぎを始める。そんなときは、噂が真実か否かなど、当人以外にはどうでもいいのだ。そしてひととおり騒いで満足すれば、また次の種探しだ。

五節の更衣は格好の種だっただろう。だが、いまやただの噂ですまなくなってしまった。少し考えれば、女房らの言うとおり「たかが民部少丞の娘」なのだ。次期東宮争いにおいては、どの女御にとっても脅威にはなりえない。それでも寵を競うという点においては、「たかが」であるからこそ、見過ごせなかったのか。

不安が詰まった噂の種ほど厄介なものはない。それが見つかると、どういうわけかその次も、誰もが同じ種類の種を見つけたがる。自分は今回、完全にそれに巻きこまれたかたちだが、誠明はそれをわかってくれるだろうか。

この手の噂を打ち消す、最も手っ取り早くて楽な方法は、誰かがもっと大きな噂の種を見つけ、よりいっそう大騒ぎしてくれることなのだが――

「……他人任せだわ」

独りつぶやいて、淑子は小さくなった粉熟のかけらを口に放りこむ。

そこに、けたたましい足音が聞こえてきた。それも幾つも。

「橘典侍さん――橘典侍さん、みんな、大変……！」

「大変です、大変です……！」

ほとんど悲鳴のようなそれらの声に、尋常でない様子を察して、淑子は素早く起き上がり、外していた裳を摑む。

真っ先に自分の曹司に駆けこんできたのは、夏実だった。

「何かあったの？」

「あのっ、ふ、藤壺と、承香殿の、皇子が、さっき、具合が……苦しみだしたって」

「……皇子が？」

一の宮と三の宮か。二人そろって何かが起きたというのか。

「いま、藤壺と、承香殿っ……大騒ぎ、で」

夏実が息を切らせながら報告する間に、淑子は手早く裳を着け、唐衣を羽織る。

他の女孺らも触れまわっているようで、梨壺中が慌ただしい気配に包まれていた。

「掌侍たちには？　弁内侍さんたちの曹司は藤壺に近いでしょう」

「他の子が、知らせにいってます」

「助かるわ」

足早に曹司を出ると、夏実も額の汗を袖で拭いながらついてくる。外には何人もの女官や女孺たちがいて、淑子を見つけて不安げな眼差しを向けてきた。

「様子を見てくるから、状況がわかるまでここで待機していて。——あ、ちょっと。いまのうちに予備の灯《あか》りを用意するように、殿司に頼んでおいて。手燭《てしょく》と、それと切燈台も。お願いね」

女官や女孺に声をかけながら、通りすがりに内侍司の女孺に指示を出し、できる限りの早足で渡廊を抜ける。

麗景殿の前に出て、そのまま通り過ぎようとしたとき、淑子ははっと足を止めた。

いま、殿舎の中から女房らの異様な声が聞こえた。夏実も同じく気づいたようで、険しい表情で淑子を見上げる。

「橘典侍さん、あれ……」

また聞こえた。誰か来て。宮様——悲鳴と、泣き叫ぶような声と。

間違いない。麗景殿でも何かあったのだ。そして麗景殿にも二の宮がいる。

淑子は振り返り、渡廊にいた女孺たちに向かって叫んだ。

「薬司《くすりのつかさ》を呼んで！　すぐに麗景殿に行ってもらって！　早く！」

女孺たちは慌てて梨壺のほうへと駆けていく。

藤壺、承香殿、麗景殿。いずれも皇子のいる殿舎で異常事態が起きている。

「——夏実、南廊に内侍司の女孺を集めて。いまわかっていること、そこでまとめるから。さっき言った灯りも、すべてそこへ」

「みんなに伝えます」

道々で声をかけながら、夏実も梨壺へ引き返していった。麗景殿の様子を気にしながらも、淑子はそのまま南廊へ向かう。

たしかにさっきまで、自分に関する不本意な噂を打ち消してくれる何かを期待していた。だが、こんなことではない。こんな恐ろしいことであってはならない。

淑子は唇を引き結び、さらに歩みを速めた。

三つの殿舎――藤壺、承香殿、麗景殿のほぼ中間にあたる南廊に陣取って、淑子は掌侍たちとともに、夜どおし情報を集めた。
そこでわかったのは、最初にその身に異変が起きたのは、四歳になる藤壺の皇子、一の宮だった。夕餉の膳を食べる直前に腹を押さえて苦しみだし、嘔吐《おうと》したという。それで藤壺が騒ぎになり、医師だ薬師《くすし》だ祈禱《きとう》だと右往左往していたころ、今度は承香殿で、まだ一歳の三の宮が、同じように食べたものを吐き戻して苦しみ始めた。これで承香殿も蜂の巣をつついたような騒ぎになって、梨壺にも話が伝わったのだ。

その一報を受けて淑子たちが動いていたとき、一の宮と同い年である麗景殿の二の宮が、他の二人の皇子とほぼ同じように嘔吐と腹痛を起こし、駆けつけた薬司の女官たちが介抱した。つまり、ほとんど同時に三人の皇子が、食べたものを戻したり腹を下したりしたのだ。

初め呪詛が疑われたが、典薬寮の医師によって、三人ともに傷んだものを口にしたことが原因だと診断された。

しかし一の宮は、まだ夕餉の膳に手をつけていなかった。さらに中でも幼い三の宮の食事は、一の宮、二の宮とは異なるものであり、そのうえ三の宮の乳母までもが、騒動の最中に吐き気と腹痛を訴えたことで、これは呪詛ではないという話になった。

では、皇子たちが食べたものは何だったのか――

ほどなく判明したのは、その日、三人の皇子はいずれも帝から贈られた菓子を口にしていたことだった。それも帝が藤壺、承香殿、麗景殿を順に訪ね、皇子たちに直接渡した菓子だというのだ。三の宮の乳母までもが具合を悪くしたのは、全部食べては夕餉に差し障るからと、乳母が半分食べたからではないかとのことだった。

これには淑子を含め、情報収集にあたった皆が驚いた。

帝が傷んだ菓子など持っていくはずがない。しかもその菓子は、帝の命を受けて、後涼殿の御厨子所《みずしどころ》の者たちの手によって、当日の昼に作られたばかりだという。また同じ食材で同時に作った菓子を、御厨子所の者たちが味見、毒見をしたが、その後に具合の悪くなった者は、ただの一人もいなかった。

ではいったい何故、いつのまに、菓子が三つとも傷んだのか。

菓子は御厨子所で作られた後、蓋付きの手箱に収められ、膳司《かしわでのつかさ》の女官たちによって清涼殿に運ばれ、帝の指示で御湯殿上に置かれた。御湯殿上は清涼殿西廂の最も北側にあるひと間で、湯殿に仕える女官の詰所であり、帝の食事の調度を整えたり飲用の湯を沸かしたりするところでもある。

膳司の女官は手箱を三つとも、御湯殿上にあった台盤に置いて、すぐに退出した。そのとき御湯殿上には誰もおらず、上の女房らは全員、朝餉間と鬼間のあいだにある台盤所にいたという。

帝はそのとき朝餉間で官人を召して歓談中であり、官人が辞した後、上の女房らとともに御湯殿上へ行き、手箱を上の女房らに持たせてそのまま藤壺へ向かわれたとのことだったが、上の女房らは一様に、手箱に不審な感じはなかったと証言した。

断片的に集まる情報を整理し、これら一連の流れが判明するころには、すでに子《ね》の刻を過ぎていたが、同時に夜どおし治療に当たった医師たちによって、三人の皇子の容体は落ち着きつつあった。

皇子たちの様子が伝えられると、南廊に詰めていた女官、女孺たちはひとまず安堵したが、だからといって、これで問題が解決したと言える状況でもなかった。

何故無人の御湯殿上に置いておいただけの菓子が、たった半刻ほどのうちに傷んでしまったのか。それは本当に、ただ傷んだだけだったのか。誰かが意図的に手を加えた——はっきり言ってしまえば、毒になるものが混ぜこまれたのではないだろうか。

そんな疑念が女官たちのあいだに生まれ——混乱の夜が明けるころには、後宮中に不穏な空気が漂っていた。


皇子たちの具合は翌日以降も、悪くはないがすっかり元気になったわけでもないという、予断を許さない状態が続いていた。

菓子を口にした中で、幼い皇子たちよりもいち早く快復したのが三の宮の乳母で、その証言によれば、見た目、味ともに、菓子に異常があるようには思えなかったという。もっとも、様子を見ていた女房によれば、乳母はさほど味わいもせず、さっさと食べてしまったらしいので、異常に気づかなかっただけかもしれなかった。

四月の七日は叙位に関わる儀式が、参議以上の出席により紫宸殿で開かれ、翌八日の灌仏会も、皇子たちの平癒祈願とあわせて執り行われた。

表面上は例年どおりに行事が進められていたが、後宮内はずっと重苦しい雰囲気に包まれ、後宮の外でも、皇子の外戚にあたる左右の大臣と大納言が、それぞれに皇子快復のための祈禱を続けつつ、菓子に細工したと思われる者を見つけ出そうと躍起になっていた。

疑われた者が、いなかったわけではない。

まず日ごろ帝に奉仕する、上の女房たち。しかし御湯殿上に菓子が置かれて以降、台盤所から動いた者は一人もいなかったことと、そもそもが上の女房を務める御匣殿の女官たちは、左大臣に近い家の者たちばかりであるため、麗景殿の皇子にまで危害を加えるとは考えづらく、上の女房への疑いはすぐに晴れた。

次に疑われたのは、朝から清涼殿にいた、五節の更衣だった。これは一時、三つの殿舎いずれからも、五節の更衣の仕業に違いないと声が上がったが、結果としてその五節の更衣の潔白を証明してしまったのも、三つのうちの承香殿と麗景殿の女房たちだった。

というのも、たしかにその日、五節の更衣と三人の女房らは朝に淑子を巻きこんで清涼殿へ行き、昼ごろまで居続けた。だが帝から一度宣耀殿へ戻るようにと諭され、そのときにはすでに淑子も内侍所へ引きあげてしまっていたため、仕方なく昼日中に移動したのだが、それは御湯殿上に菓子が運ばれるよりも前のことだったという。

五節の更衣の一行は、こっそり宣耀殿に帰るつもりだったようだが、やはり途中で承香殿と麗景殿の女房らに見つかってしまい、さんざん小突きまわされ、ほうほうの体で逃げていた。

つまり承香殿と麗景殿の女房らは、皮肉にも、憎い五節の更衣を糾弾するはずが、五節の更衣が昼過ぎには清涼殿にいなかったことの証人になってしまったのだ。

上の女房ではない、五節の更衣でもない、では、誰なのか。

最後に疑われたのが、菓子が運ばれたとき、朝餉間で帝と対面していた官人——

「……そんなはずないじゃない」

気まずそうに報告した夏実に、淑子は思わず、そう返していた。

「でも、菓子が運ばれたとき清涼殿にいたのは、主上と、上の女房たちと、源蔵人様だけだったって……それで、いま、あちこちで噂になってるんです」

内容が内容だけに、人目があるところでの報告をはばかったのか、夏実が淑子にそれを伝えたのは、九日の朝、まだ誰もいない内侍所でのことだった。

「だって、碁のお相手をしていただけでしょう？　そんなの、いつものことよ」

「そうだと思うんですけど、五節の更衣のせいじゃないなら、あとは『東宮の嫡子』しか考えられないって……」

ありえない。だいたい、いまだに『東宮の嫡子』がどうこう言うこと自体、どうかしている。

淑子は拳を握りしめ、奥歯を噛みしめた。腹立たしいが、そういう噂が流れていることは事実なのだ。

「……どういう状況だったのか、誠明様に直接話を聞くわ」

今日は九のつく日だ。誠明が奏請に来る。自分が行って、菓子が運ばれたときから清涼殿を辞したときのことまで、本人に尋ねるのが一番確実である。

どうせ詳しく聞けば、疑いなどすぐ晴れる。

そう思っていたのだが。

その日、誠明は奏請に姿を見せず、梨壺に淑子を訪ねてくることもなかった。

淑子が誠明に逢えないまま、後宮では誠明への疑いが日に日に強まっていた。

皇子たちの容体は少しずつ快方に向かっていたが、中でも幼い承香殿の三の宮は、快復に遅れが見えていた。

噂を知ってか知らずか、誠明は九日以降、どういうわけかずっと出仕しておらず、それがよりいっそう疑いを深めることになってしまっていた。

淑子の調べでは、誠明はたしかに菓子が運ばれたときに朝餉間にいたが、帝の碁の相手が終わると、すぐに退出したらしかった。

だが、誠明が御湯殿上に入ったところを見た者はいないが、入っていないと証言できる者もおらず、潔白の証明には至らない状況だった。

かつて先代の帝の皇子が三人亡くなったことで、現在『東宮の嫡子』となった誠明が、当代の皇子三人に危害を加えようとしたのではないか。いや、これはきっと五節の更衣と誠明が組んで、三人の皇子を排そうとしたのだろう。何か二人につながりがあるのではないか――

根拠よりも憎悪が勝り、憶測ばかりを飲みこんだ噂が、後宮中をめぐっていた。

潔白を証明できたはずの五節の更衣も、いまは動かずにいるのが得策と見たのか、事件以来一度も宣耀殿から出ていない。

賀茂祭まであと数日と迫り、例年であれば行列見物の支度だの何だのと、浮かれた空気一色になるはずが、今年はどこもかしこも殺伐とした雰囲気だった。

淑子はこの間、ずっと通常の仕事をこなしながら、御湯殿上に近づいた不審な者がいないかを調べていた。

もちろん調査をしているのは淑子だけでなく、左右の大臣の命を受けた近衛府《このえふ》の者たちも、あれこれ聞きまわっていたようだが、淑子たちが当初に集めた情報を超える話は出てきていないようだった。

いつまでも真実が明らかにならなければ、どうなるか。そういうときは得てして、噂が化けて真実のような顔をしてくるものだ。

このままでは誠明が菓子に毒を入れた下手人にされてしまう。それなのに、九日に蔵人所を休んだ誠明は、次の日も、その次の日も出仕しなかった。欠勤の理由を蔵人所に尋ねても、物忌《ものいみ》だとか参籠だとか、訊く者ごとに違って、はっきりしない。

どうすればいいのか。八条に文を出すべきか。だが、八条のどこに誠明の家があるのか、東市の南側という以外の詳しい場所を知らない。それでも、もし誠明が明日も出仕しないなら、いっそ自分で八条に行き、誠明の家を探そうか――

眠れない夜を過ごしながら、淑子は次第に思いつめていた。

そして誠明の出仕を待って三日目の朝。

内侍所に少し遅れてやってきた伊予の内侍が、淑子を見るなり、手招きした。

「おはよう橘典侍。来たわよ、やっと」

「はい？」

「源蔵人よ。さっき出仕してきたんですって。それで、いま大騒ぎよ。それを聞いた承香殿の女房たちが、源蔵人に本当のことを言わせるって――」

話の途中からすでに腰を浮かせていた淑子は、そこまで聞いて、何も言わずに温明殿を飛び出した。

嫌な予感しかしない。藤壺や麗景殿でさえ、冷静でいてくれるかあやしいものなのに、承香殿ではほぼ間違いなく、誠明が毒を入れたものと決めてかかるだろう。

早足どころかほとんど走りながら、淑子は承香殿に向かう。すると正面から、夏実が転がるように駆けてきた。

「あ、たっ、橘典侍さんっ、いま――」

「誠明様は!?」

「たき、滝口ですっ。承香、殿の、人たちがっ、滝口に、呼び出して……」

清涼殿の北東側にある、武士の詰所だ。

通りすがりの女孺や女童が何事かと振り返る中、淑子は必死に滝口の陣へと走る。

やがて廊の果てに、どこぞの女房らが人だかりを作っているのが見えた。甲高い罵声も聞こえてくる。

あれが自分に向けられたものなら、珍しくもない、もはや耳慣れた罵りの声だ。

だが、それが誠明に向けられているのであれば――あの、決して口の上手くない、生真面目で一見表情にとぼしい、けれど誰より寛容でやさしい誠明が、勝手にふくらまされた噂だけで、責められているのであれば。

……わたくしが止めるわ。

誠明を守るのだ。

自分は『柊』なのだから――この棘で、誠明に降りかかる災厄を祓わなくては。

廊の端、その角を曲がれば清涼殿へと渡る簀子に出るところに、人だかりはできていた。伊予の内侍と夏実の言ったとおり、承香殿の女房たちだ。しかし騒ぎが聞こえたのか、弘徽殿のほうからも女房が見物に出てきている。

人だかりはだんだんと、角を曲がり簀子へと動いていた。淑子は走っていった勢いのまま、後ろから体当たりするように女房らの中に突っこんでいく。

白状なさい、人でなし、謀反人――などという言葉が悲鳴のように響く中、簀子に出ると、視界の隅に深緋色が見えた。

「誠っ……」

棒立ちになってこちらを見上げている誠明と、一瞬、目が合う。

誠明のすぐ横には、何故か藤原豊隆までがいた。二人は庭にいて、女房らがたむろしている一段高い場所にある簀子とは、高欄と距離に隔てられていて、少なくとも、頭に血が上っている女房らが摑みかかるような真似はできないはずだが。

「言いなさいよ！　いったい何をしたの！」

「よくも宮様を――」

口々にわめきながら、女房らがさらに前に出てきて、今度は淑子が弾《はじ》き飛《と》ばされそうになる。高欄に背中がぶつかり、上体がぐらりと外に傾いだ。

落ちる――と思うより先に、何かに背中を止められた。肩越しに振り向くと、庭先にいた誠明が、簀子の下から手を伸ばして淑子を支えている。

「……っ、誠明様……」

「大丈夫ですか。そのまま前に――」

誠明に受け止められ、淑子が体勢を立て直しかけたそのとき、顔のすぐ横から何かが突き出された。――棒だ。

高欄につかまりながら視線を戻すと、女房の一人が何かわめきながら、まだ簀子の下にいた誠明の肩を、長い棒で突いていた。これは承香殿の女房らが、いつも五節の更衣を小突きまわすのに使っている棒ではないか。

「何するの……！」

淑子は顔色を変え、とっさにその棒を奪って振り上げ、女房らの目の前にある高欄を思いきり叩いた。

間近で鳴り響いた鋭い音に、女房らのわめき声が止まる。

一瞬で訪れた沈黙の中で、淑子の荒い息遣いと、滝口の名の由来となった、庭先を流れる御溝水《みかわみず》が落ちる水音だけが聞こえていた。

「……これは、何の騒ぎですか」

いまだ整わない呼吸で、それでも淑子は険しい眼差しで女房らを見すえる。

「か――関係ないわよ、あんたには」

「そ、そうよ。あたくしたちは、この『東宮の嫡子』に用が……」

「人の話を聞く気があるのか、ただ罵りたいだけなのか、どちらですか！」

一度は黙った女房らが、またわめき始めた。淑子はすかさず、鋭い口調で遮る。

「証拠もなしに責め立てて、こんなのはどう見てもやつあたりですよ」

「だ……だって、あやしいのは、もう、この人しかいないのよ」

中でも年長の女房が、一歩前に進み出て、誠明を指さした。

「どこがあやしいというんです」

「あやしいじゃないの、何日も逃げまわって出てこないし、近ごろこのあたりをうろついているっていうし」

年長の女房が誠明を指した腕をぐるぐるまわし、他の女房らも同調の声を上げる。

すると誠明は、もともと立っていた場所まで下がって、女房らを見まわした。

「——この三日、出仕しなかったのは、家のほうで少々厄介ごとがあり、出仕したくてもできなかったのです」

声を張って喋れば、誠明の話はあたりによく聞こえた。

「菓子の件で、私が疑われていることは承知している。しかし私はあの日、朝餉間にしか入っていないし、主上の碁のお相手のあとは、どこにも寄らず退出しています。どう言われようと、これより他に話せる事実はない」

極めて落ち着いた誠明の態度に、女房らは反論の言葉を失った様子で口をつぐむ。

だがそのとき、庭先に立っていた豊隆が、誠明の袍の襟首を無造作に掴んだ。

「では訊くが、主上の碁のお相手のあと、主上と貴殿、どちらが先に朝餉間を出た？」

「……主上が先に出られた」

誠明のほうが豊隆より上背があるため、豊隆は顎を突き出すようにして詰め寄る。

「なら、残っていたのは貴殿一人か」

「主上が出られたあとは一人だ。私もすぐ出た」

「さぁ、どうだかな。貴殿がすぐに清涼殿を出たと、証明できる者はいるのか？」

「それはいない。菓子を運んだ女官たちはすでに退出していたし、台盤所にいた上の女房たちも、まだ碁を打っているあいだに、皆、表のほうへ行ったようだった。私は殿上の間のほうから退出したが、外に出るまで誰とも会わなかった」

「それなら、貴殿が本当にそのまま退出したのか、わからないということだな」

「――ちょっと！」

淑子は思わず、高欄から身を乗り出した。

「まさか同じ蔵人のあなたが、誠明様を疑うんですか!?」

「蔵人でも何でも、疑わしいものは疑わしいということだよ、柊の君」

豊隆は気どった笑みを浮かべ、肩をすくめる。女房らが、またざわつき始めた。

もしやこの男は、誠明を承香殿の女房らに糾弾させるために、ここへ連れてきたのだろうか。それはあり得る。この男も承香殿の女御も、右大臣の子だ。

淑子は姿勢を正すと、高欄の上から棒を差し出し、誠明の襟首を摑む豊隆の手に、棒の先をひたりと突きつけた。

「離しなさい」

戦いを挑むような目で、淑子は豊隆を見すえる。

どれほど疎まれても、中立の立場は保ってきたつもりだ。しかし今日、これで完全に右大臣家を敵にまわすかもしれない。

……構わないわ。

そちらが誠明を敵と見るなら、自分も一緒に敵になるだけのこと。

淑子の気迫に押されたのか、豊隆は笑顔を引きつらせて手を離した。

「まさかとは思うが、きみはこいつを疑っていないのかな?」

「疑う理由がありません」

襟首は離したが、豊隆はまだ誠明の袍の袖に手をかけている。淑子は棒の先を豊隆の胸元に向けて牽制した。

「驚いたな。むしろ信じる理由がないだろう? 奏請でしか顔を合わせないから知らないのだろうが、こいつはいつも黙りこんで、何を考えているかわからなくて——」

「あなたが黙りなさい」

鼓動はまだ速いが、呼吸は整ってきた。淑子は深く息を吸う。

「誠明様は、人を害するような方ではありません。わたくしは信じております」

「馬鹿な──」

「妻が夫を信じて、何がいけないのですか」

さらさらと。

水の流れる音だけが、しばらく響いていた。

豊隆はひどく間の抜けた顔で、二、三歩、よろけるように後ろへ下がり──縁石につまずいて、大きく腕をばたつかせたあと、御溝水の中に尻からざぶりと落ちた。

女房らの人だかりの陰で、誰かが吹き出した。……あれはたぶん、夏実だ。

口を半開きにして呆然と溝にはまっている姿を冷ややかに一瞥して、淑子は同じくぽかんとしている女房らに向き直ると、棒を床に突き立てる。

「今後、誠明様に何か文句があるのならば、わたくしが聞きます。確かな証拠もなく疑い、騒ぎ立てることは、わたくしが許しません」

そう言い放ち、棒をぞんざいに投げ捨てて、淑子は再び女房らを掻《か》き分《わ》けて戻ろうとし──途中で庭先に立っている誠明を振り返った。

誠明はいつもよりわずかに目を見開いて、淑子を見上げている。

「……あとで必ず、わたくしの曹司においでくださいませ」

それだけ告げると、淑子は床を踏み鳴らしながら、その場を立ち去った。


「……っていうことは、やっぱり結婚してたんじゃないですか、源蔵人様と」

文机に突っ伏している淑子の頭上に、夏実の声が降ってくる。

自分は相当——おそらく承香殿の女房たち以上に、頭に血が上っていたのだと気づいたのは、内侍所に帰って、ひと息ついてからだった。

そして自分が、何を口走ってしまったのかを思い出したのも。

「していないのよ。……していないの」

「え？　だってさっき、妻が夫を、って言ってたじゃないですか」

「つい……口から出て……」

こんなことなら、余計なことを考えていないで、このあいだ求婚の返事をしてしまえばよかった。このあいだなら、すんなり結婚できたかもしれないのに。

……これは無理だわ。

人前で怒鳴り散らし、棒きれを振りまわすような女に求婚してしまったと、誠明はきっと後悔しているだろう。いまごろはどうやって求婚を取り消そうか、悩んでいるに違いない。

あとできちんと謝って、自分たちの噂が立つようなことになってしまったら、必ずそれは事実ではないと訂正するからと――

「橘典侍。……橘典侍、起きられる？」

伊予の内侍の声に、淑子はのろのろと顔を上げる。

ふと見ると、夏実だけでなく、掌侍たち全員も、自分をじっと見ていた。

「……すみません。仕事します……」

藤典侍は伝宣の帰りに弘徽殿に寄っているとかで、まだ戻っておらず、宰相典侍は今日も休んでいる。典侍は自分しかいないのだ。

「いえ。今日はもう、下がられたほうが。――来客のようですので」

弁内侍がそう言って、西廂のほうを手で示す。

ぼんやりとそちらに目をやり――御簾の向こうに深緋色を見つけ、淑子はひゃっと声を上げた。

「ちょ、あの、いないって言っ……」

「もうおいでだと返答してしまいました」

「……」

あとで曹司に来てくれとは言ってしまったが、内侍所に来てほしいとは言っていないし、まだ心の準備ができていない。そもそも昼にもなっていない。蔵人所も仕事中ではないのか。

「急ぎのものもないし、大丈夫よ」

「朝から走って疲れたでしょ。今日はゆっくり休んで」

「はいはい、お疲れ様。また明日ねー」

按察の内侍と播磨の内侍、伊予の内侍の三人がかりで席を立たされ、ほとんど引きずられるようにして連れていかれて、とどめに夏実の手で西廂へと押し出される。

顔を上げられずうつむいていると、いつもどおりに穏やかな、しかしどこか硬さも感じられる声がした。

「……話があります」

誠明は、ただそれだけを言い――淑子もうなずくしかなかった。

まだどこの女官も曹司に帰る時間ではないため、梨壺は静まりかえっていた。

「……申し訳ございません」

自分の曹司で誠明と向かい合って座り、淑子はまず頭を下げた。

「どうして謝っているのですか」

「それは……その……」

「私には、あなたに謝られるような心当たりはないのですが」

「……」

気まずくて顔を上げられない。

淑子は袖口をきつく握りしめ、一度唾を飲みこむと、ようやく声を出す。

「さっき……人前で、あんなことを言ってしまって……」

「あんなこと、とは――」

「……」

淑子が再び黙すと、誠明は膝を進め、少し近づいてきた。

「あなたは先ほど、妻が夫を信じて何がいけないと、言っていましたね」

淑子は肩をすぼめ、無言でうなずく。

「私はあなたに求婚しましたが、まだ返事をいただいてはいなかったと思います」

「……して、いません……」

「ですが、先ほどあのように言ってくれたということは――私は、良い返事を期待してもいいのですか」

淑子は、きつく目を閉じていた。どこか思いつめたような誠明の声が、すぐ近くで聞こえる。

「……わたくしには、お断りする理由は、ないのですが……」

「では」

「ですが……お受けしてしまったら、それは、誠明様の御迷惑になるのではと……」

「……迷惑？」

いま誠明はどんな顔をしているのだろう。気になるが、怖くて目を開けられない。

「私から求婚したのに、何故、応えることが私の迷惑になるのですか」

「それは……」

閉じたまぶたの裏に、涙がにじんでくる。

泣いてはいけない。堪えなくては。泣いたら、誠明を困らせてしまう。

「……わたくしは……このとおり、まるで淑やかさがなくて、気が強いばかりで……琵琶も弾けませんし……こんな、棒きれを振りまわすような女が、妻では……」

だから結婚はできないと。

きちんと言わなければいけないのに、肝心な言葉が、喉に詰まって出てこない。

沈黙の中で、ふと、誠明が深く息を吸ったような息遣いが聞こえた。

「……まず、目を開けてくれませんか、姫君」

それはできない。いま目を開けたら、涙が落ちる。

淑子が首を振ると、衣擦れの音がして、誠明の使う薫物の香りがした。……目の前にいるのだ。

「初めのころに、伝えたはずです。あなたの気の強さは、やさしさだと」

「……そう思われるのは、誠明様がおやさしいからで……」

「私は特別やさしくはありませんよ。さっきも、溝にはまった蔵人少将を、そのまま置いてきました」

「……それは別にいいと思います」

「私はあなたに、淑やかでいてほしいなどと言ったことは、一度もないはずですが」

たしかに、言われたことはないが。

「でも……今日のことは……」

「棒きれがどうとか、そんなことを気にしているなら、それで私が考えを変えることはありませんよ。あなたの今日の行動は、すべて私をかばってのことだったでしょう。

あなたは何も変わっていない。あなたはずっと、そうやって誰かのために損な役目を引き受けてきた」

それは、おそらくこれまで聞いた中で、最も強い——まるで怒っているかのような口調で、淑子は思わず、目を開けてしまう。

本当に目の前にいた誠明は、怒っているどころか、必死さがありありとうかがえる表情で、こちらを見つめていた。そういえば、内侍所を訪ねてきたときから、ずっと声は硬かった。……怖かったのは、誠明も同じだったのだろうか。

「結婚してください。……どうか、お願いします」

片膝をついたまま、誠明が頭を垂れる。

どうして、そんなに懇願するような言い方で。

そんなふうに言うなら——

「……わたくしこそ……わたくしでよろしければ……お願い、いたします……」

同じように、ゆっくりと頭を下げようとして。

突然、両肩を摑まれた。

大きく目を見開いた誠明は、まだ必死な顔をしている。

「——承知しましたね？」

「し……ま、した……」

「ありがとうございます。では、いまからあなたは私の妻です。あとで結婚を早まったと思ったときは、正直にそう言ってください。別れることは決してありませんが、できる限りあなたが望むような夫でいるように改善します」

びっくりするほど早口でそう言うなり、誠明が淑子を掻き抱いた。

何が起きたのかすぐには理解できず、淑子は目を瞬かせる。

いま何を告げられたのだろうか。いや、それより苦しい。体が折れそうだ。

手加減なしの抱擁に混乱していると、やがて耳元で大きな吐息が聞こえ、ようやく腕の力が少し緩んだ。淑子もほっと、息をつく。

だが、呼吸ができるようになったからといって、気持ちが落ち着いたわけではなかった。強く抱きすくめられ、自分のものではない香りに包まれて——

頭から背中へと、誠明の手が髪をすべる。誰にもされたことのない触れ方に、ただ途惑っているうち、こめかみのあたりに人肌のあたたかさを感じた。

「……」

思わず目をつぶり、誠明の袍を掴んだそのとき。

自分の鼓動よりもけたたましい音が響いた。

「大変です橘っ――きゃあ!!」

「ちょっとぉ、だからいまは駄目だって……!」

……最悪。

この状況で、顔を上げるほうがむしろ恥ずかしいが、たぶんそんなことを気にしている場合ではないのだろう。

微妙な表情をしている誠明の胸をそっと押し返して、淑子はぎこちなく振り向く。

「……何ですか」

そこにいたのは、間仕切りの几帳にしがみついて真っ赤な顔をしている掃司の女官と、その後ろで額を押さえている夏実だった。

「す、すみません! あの、お邪魔するつもりはなくて、ほんとに」

「ですから、何の用ですか」

「あ! あの、例の、菓子の件で、大変なことがわかって」

「え?」

「いたんです。誰もいなかったんじゃないんです。あのとき、御湯殿上の隣りに」

掃司の女官は、おろおろと清涼殿の方角を指さす。淑子ははっとして女官のほうに向き直り、誠明もすかさず居ずまいを正した。

「うちの女孺の二人が、いたんです。でも、うちの子たちじゃありません。うちの子たちは頼まれて、それで」

「落ち着いて。どういうこと？」

「……猫が」

淑子が女官をなだめようと腰を浮かせたその背後で、誠明がつぶやく。

「あのとき、そういえば、猫が騒いでいた。……あそこであんな猫の鳴き声は、聞いたことがなかったのに」

「え。……三毛の命婦が？」

清涼殿にいる猫といえば、三毛の命婦だ。しかし、むやみに鳴き騒ぐ猫ではない。賢くて、たとえば誰かが無理に触ったりしない限りは――

「……誰かがいたから、騒いだ……？」

淑子は目を見開き、誠明と掃司の女官を交互に見る。女官は自らを落ち着かせようとしているのか、胸に手を当て、大きくうなずいた。

「あのとき、あそこにいたのは――」

外はよく晴れていたが、宣耀殿の身舎の内は薄暗く、ひっそりとしていた。五節の更衣は、まるで何かから身を守ろうとしているかのように衝立と几帳を幾重にもめぐらせた中で、三人の女房とともに、じっと座っていた。

「……何故わたくしがこちらを訪ねたか、お心当たりがございますね？」

淑子の後ろには掃司の女官と、念のためついてきてもらった弁内侍が控えている。

「さ……さぁ？　何も心当たりなどありませんが」

五節の更衣の横で、高辻が首を傾げてとぼけた。だが、声が上ずっている。

淑子は高辻に視線を向け、つとめて落ち着いた口調で話した。

「あなたは直接見ていないでしょう。あの日は、先に清涼殿を出たでしょうから」

「……何のことか、さっぱり……」

「四月の六日のことです。あの日、あなた方はわたくしに先導させて、朝に清涼殿に入った。そして、そのまま昼まで上御局《うえのみつぼね》にいて、主上から、あまり長居せず宣耀殿へ戻るように諭された」

「え、ええ。だから帰りましたよ、すぐに。そのときも承香殿や麗景殿の女房どもに追いまわされて、大変だったのですから」

「そのようですね。ですが、それであなたがたへの疑いが晴れた。そのあと御湯殿上に運ばれた皇子たちへの菓子に、誰かが手を加えたという……」

「私どもは無関係です。菓子が運ばれる前にこちらへ戻っていたのですから」

「そう。……ただし、宣耀殿に本当に戻っていたのは、あなたと、あなただけ」

淑子はゆっくりと腕を持ち上げ、高辻と、その後ろの女房を指さした。

「更衣と、そちらの一番小さな女房は、清涼殿に残りましたね。掃司の女孺二人と、着ているものを取り換えて――」

それが先ほど、掃司の女官が知らせてきたことだった。

あの日、五節の更衣らは、女御や更衣の控えの間である上御局に、昼を過ぎても残っていた。帝からは一度宣耀殿へ帰るよう言われたものの、帰り道でまた他の殿舎の女房らに小突きまわされるのは嫌だと思ったのだろう、たまたま清涼殿に、修繕した畳を置きにきた掃司の女孺二人を見つけ、衣装を交換し更衣のふりをして、宣耀殿へ行ってほしいと頼んだのだ。

礼はするからと言われ、女孺は一人が更衣、もう一人が最も背格好が似ていた小柄な女房と着ているものを交換し、女房二人、女孺二人の四人で宣耀殿へと出発した。

案の定、途中でさんざんな目に遭ったが、扇で顔を隠しながら女孺二人は、どうにか身代わりの役目を全うし、高辻から褒美に絹や衣をもらったという。

「あなたもまさか、あとであんなことになるとは思っていなかったでしょう。だから二人に、口止めなどはしませんでしたね。……それなのに、いつまで経っても身代わりを立てたことが知られないままで、これで大丈夫だと思っていましたか？」

「……」

淑子に見すえられ、高辻は血の気の失《う》せた顔を背ける。

「あの女孺の二人は姉妹なのです。もともと二人は、あの日、仕事を終えてから家に帰る予定でした。近ごろお母君の具合がよくないので、しばらく看病したいからと。……あなたから褒美を受け取って、二人はすぐに市へ行き、褒美を薬に換えて、家に帰りました」

高辻の後ろの女房二人が、顔を見合わせた。五節の更衣はうつむいたままだ。

「薬が効いたのか、お母君は持ち直したそうです。二人は先ほど、喜んでここへ戻ってきて――自分たちが身代わりになった結果、何が起きたのかを知りました」

淑子は視線を、高辻から五節の更衣へと移す。

五節の更衣は唇を引き結び、先ほどから微動だにせず、下を向いて床の一点を見つめていた。すぐ側に脇息があるにもかかわらず、そこには肘を置かず、両手とも袖の中で握られている。

「……更衣とそちらの人は、ここに残っていましたね。菓子が運ばれたときも」

女孺に化けた更衣と小柄な女房は、高辻らが宣耀殿に着くころを見計らって清涼殿を出ようと、上御局で待っていたのだろう。そのとき菓子が運ばれてきた。

膳司の者たちは、皇子たちのことを話題にしながら、菓子を置いていったという。そして菓子が置かれた御湯殿上は、上御局の隣りの部屋である。五節の更衣らが、その会話に気づかないはずはなかった。

「……失礼」

淑子は立ち上がって更衣に近づくと、その袖の内から素早く両手を引き出す。高辻があっと叫んで止めようとしたが、淑子がそれを見つけたほうが早かった。

更衣の左の手のひらには、三本の引っかき傷が、赤く、くっきりと刻まれていた。

「三毛の命婦に、触ったでしょう」

誠明が帝と碁を打っていた朝餉間と御湯殿上のあいだには、もうひとつ部屋を挟んでいるため、誰かがそこにいても、気配を察することはできなかったのだろう。だが普段聞かない猫の鳴き声は、誠明の耳に届いていた。

清涼殿で飼われている、三毛の命婦という名の猫は、気安く触られることを嫌う。特に見慣れぬ者に構われたら、間違いなく爪を立てるはずだ。

「あの猫は用心深くて、たやすく気を許しません。むやみに手を出せば、引っかかれます。……ところで、傷ついた手で触れたものを食べると、具合を悪くすることがあると、御存じでしたか」

小柄な女房が、驚いたように顔を上げた。

「わたくしもこれまで知りませんでしたが、今回の宮様がたのように、食べたものを戻したり、お腹《なか》を壊したりするそうです」

それを教えてくれたのは、誠明だった。昔、誠明の家で、手に怪我《けが》をした厨《くりや》の者が作ったものを食べて、多くの家人がひと晩苦しんだことがあったそうだ。

もし、五節の更衣が、三毛の命婦に引っかかれ傷ついた手で、菓子を触っていたとしたら——

「い、言いがかりです！」

高辻が裏返った声で叫んだ。

「たしかに掃司の者に、代わりは頼みました。ですが更衣様のこのお怪我は、その、まったく関係ありませんよ！」

「そ……そうですっ。あたしたちは、そんな、餅なんて知らないですしっ」

小柄な女房も同調し、必死に首を振る。

そのとき、それまで黙っていた弁内侍が、口を開いた。

「知らないのなら――どうして、餅だと言えるのです」

小柄な女房が凍りつき、高辻ともう一人の女房が苦い顔をする。

「あなたが言うとおり、箱の中身の菓子は豆餅でした。……それを知っている者は、それほど多くはありませんが」

淑子は五節の更衣の冷たい手を離し、下がって座り直した。

「餅はもうありませんが、餅の下に敷かれていた紙は、残っていました。そのうちの一枚に、ごくわずかですが、血が付いていたそうです」

淡々と告げ、淑子はあらためて五節の更衣らを見まわした。

「毒ではなかったとしても、結果として、あのようなことになりました。蓋を開けて中を見ただけなら、とがめられることもなかったでしょう。何故、触ったりしたのですか。それも、血を流した手で……」

淑子の言葉に、その場を見ていない高辻ともう一人の女房が、小柄な女房を振り返る。何故、と、二人の目も問うていた。

「……嫌いだからよ」

答えたのは、か弱く愛らしい、だが、どこか不気味な響きを含んだ声だった。

「わたしをいじめる女御は嫌い。乱暴な女房たちも嫌い。わたしがいるのに、主上にわたし以上に大事にされている皇子たちも嫌い。こんなところにわたしを置いていった、お父様も嫌い。みんな――みんな嫌い」

傷ついた左手を、右手で握りしめて。大きく見開いた目を、瞬《まばた》きもしないで。

「呪われればいいのよ。わたしをいじめる人は、みんな嫌い。大嫌い」

床の一点を見つめたまま、怨嗟《えんき》の言葉を吐き――更衣はようやく、淑子を見た。

「……あなたも、嫌い。わたしがこんなに困っているのに、ちっとも助けてくれないあなたも、大嫌い」

「そうですか」

人の悪意をまともに受け止めたら、自分もそれに飲みこまれてしまうだけだ。だから悪意は、いつものように、さりげなく素通りさせる。

「このことは主上にも御報告します。何か沙汰があるかもしれません。それまでここを動かないように。――では、わたくしどもは、これで」

淑子は弁内侍、掃司の女官とともに、腰を上げた。五節の更衣はまだ、床の一点を見つめている。

その目からは、もう、みんな嫌いと吐露したときの激しい光は失われていた。


五節の更衣の件の後始末をしていたら、夜になってしまった。

釣燈籠の明かりの下、すでに静まりかえった梨壺に戻ると、曹司には宿直姿の誠明がいて、和琴を膝に載せて眺めていた。

「すみません。勝手に触っています」

「いえ、どうぞ。……一度お帰りになったのですか？」

今夜はもしかしたら、誠明がいるかもしれないという予感があったので、驚かなかった。淑子はほっと微笑して尋ねる。誠明は和琴をもとの場所に置いた。

「蔵人所に戻って仕事をして、先ほど町屋で着替えてきました。……実は昼間、仕事を放り出してきてしまいましたので」

「――え」

淑子は唐衣を外していた手を止め、振り返る。

「あなたの言葉が気になって、仕事が手につきませんでしたから」

「……誠明様でも、そんなことがあるんですね」

「私にとっては、何よりの一大事でしたので」

さらりと、しかし真面目にそう言われ、淑子は視線をさまよわせた。

求婚の返事を早くほしいと、誠明に催促されたことはない。だが、やはり待たせてしまっていたのだろうか。

唐衣を几帳に掛け、裳を外そうかどうするか迷って、結局着けたまま、淑子は誠明の傍らに座った。まだ、そこまでくつろいだ姿を見せることには、ためらいがある。

「あ――五節の更衣の件は、すべて報告がすみました。ありがとうございます。誠明様のおかげで、尋問が滞りなくできました」

「お役に立ててよかったです。しかし、私が三日も休まなければ、もっと早くに片付いていたかもしれません。それは申し訳ない」

「いいえ、それは掃司の子たちのこともありますし。……ですが、三日間どうされたのですか？」

家で厄介ごとがあったとか言っていたが。

「ああ、灌仏会のときに、父と母が寺に行くと言うので私も一緒に行ったのですが、帰りがけに穢《けが》れに遭いまして、仕方なく寺に戻って籠ることになりまして。ですが、翌日も日が悪いの方角がどうのと、とうとう帰るのに三日かかってしまいました」

では、蔵人所で聞いた物忌も参籠も、あながち間違いではなかったのか。

「自分が疑われていたことなど、まったく知りませんでした。……知ったときには、どうすればあなたに信じてもらえるか、そればかりを考えていたのですが」

「……わたくし、そもそも誠明様を疑ってなどいません」

明かりは釣燈籠だけで、燈台に火は入っていなかった。もはや薄闇に慣れた目に、誠明の穏やかな表情が映る。

「……ひとつ、気になっていることがあるのですが」

「はい……？」

その穏やかな顔のまま、誠明も淑子の目を、じっと見つめていた。

「あなたはどうして、琵琶が弾けないことを気にしていたのですか」

「えっ？　……あ」

そういえば、さっきそれを口走ってしまった。淑子はつい、下を向く。

「あの、誠明様が……以前に、琵琶の上手な姫君のところへ、通っていらしたと……」

ちょっと、小耳に……」

「……は？」

そのたったひと声が、あまりにも正直に困惑を表していたため、淑子は思わず顔を上げる。誠明は実際、怪訝な表情をしていた。

「すみません、それは誰のことですか？」

「えっ。……いえ、わたくしもそれしか……。あの、お心当たりは……？」

うっかり尋ねてしまったせいで、誠明は真剣に思い出そうとしているらしく、眉間にくっきり皺を刻んでいる。

「……十年くらい前だそうですが……」

「そうだと思います。あなたを知ってからは、どこにも通っていませんので」

険しい面持ちで考えこみながら、誠明はこちらがちょっと動揺するようなことを、平然と告げた。……もしや、誠明にとっては事実を口にしているだけなのだろうか。

「十年ほど前なら、たしかに当時、私にも幾つか縁談がありました。ただ、それは父が暫定とはいえ東宮になったために、私と縁戚になろうという目論見があっての縁談ばかりでしたので、すべて断りました。……ですが、中にはあきらめの悪い家もありまして、何とか私の気を引いて、娘のところへ通わせようとするのです」

夏実から聞いた話に似ている。目論見を持っていたのは、右大臣家だったという。

「その中に、琵琶で私の気を引こうとしていた家が、あったかもしれません。あまりよく憶えていませんが……」

つまり――誠明にとっては、さほど特別な縁ではなかったということのようだ。

何だか拍子抜けして、淑子は口を半開きにしてしまう。

「……それで気にしていたのですか、琵琶のことを」

「それは……本当は、そういう方がお相手のほうがいいのだと……」

「私はそこまで楽器にこだわっていませんよ」

誠明の目元が、ふと緩んだように見えた。

「それとも、和琴のことを話題にしてしまったので、気になりましたか」

「……あ、いえ、あの……」

琵琶とか和琴とか、そういう細かいことではないのだ。

うつむくと、微かに瞬く釣燈籠の火が、影を揺らしていた。

「わたくしは、嫌われることには慣れているのですが、その……好かれることには、慣れていないのです」

「そうですか？」

「はい。……ですから、せっかく求婚していただいたのに、どうしても、まさか……と考えてしまって……」

思えば、自分が好かれるはずがない理由を、いちいち探していた気がする。

と――膝の上で握りしめていた手に、誠明が手を重ねてきた。

「不思議ですね。……あなたは、私のことは何のためらいもなく信じたのに、あなた自身のことは、信じないのですか」

「……ひねくれている自覚はあります」

「気づいていないのかもしれませんが、あなたは大勢から好かれていますよ。少なくとも、梨壺に曹司を持つ者たちは、私とあなたのことが噂にならないよう、これまでいっさい口をつぐんでいたそうですから」

「――へっ？」

顔を上げてしまった。誠明は相変わらずの生真面目な表情で、うなずく。

「さっき掃司の女官と一緒に来た女孺が、あなたが出ていったあと、私に教えてくれました。私は思っていたより、ここで目立っていたようです」

「……嘘でしょ……」

両隣りの曹司が不在だからと、油断していた。考えてみれば、格子を隔てた裏にも別の女官の曹司はあるわけだし、自分の曹司に帰るためにここの前の簀子を通る女官もいるのだ。

「皆、あなたが私を拒むようなら、二度と私がここへ近づけないよう、あなたを守るつもりでいたようです。幸いあなたが快く私を迎え入れてくれましたので、黙認されてきましたが」

「……それは好かれているというより、お節介なだけだと……」

がっくり肩を落とした淑子の手を、誠明が少し強く握る。

「好かれていますよ、あなたは。……ただ、できれば今後は、あなたを一番に慕っているのは私だということを、わかっていてもらいたいですが」

「それは――」

淑子はそっと目を上げ、誠明の表情をうかがった。

見てとれたのは、少しの緊張と、そして、何かを秘めているような気配。

さっき五節の更衣にぶつけられたのは、大嫌いという言葉にこめられた強い恨み。

だが、いま目の前にある眼差しには、それとは真逆の、しかし、もっと強い感情を抱えているのが、はっきり伝わってきた。

柊の棘は魔を祓う。そう言う誠明が、いつもさりげなく心を守ってくれていた。

「……わかっています」

淑子は唇をほころばせる。

「でも誠明様にも、知っておいていただきたいことがあります」

「何ですか」

「わたくしも、あなたがとても好きです。大好きなんです」

「……」

誠明が、明らかな動揺を見せた。

「あなたが大好きだと気づいてしまいましたので、これはもう、求婚をお受けしないわけにはいかないと――」

「姫君」

さらに強く手が握られ、誠明が焦ったように身を乗り出してくる。

「わかりました。……わかりましたので」

「はい」

「……すみません。私もあまり、好かれることに慣れていなかったようです」

早口でそう言って――誠明はぶつかるように唇を重ねてきた。

梅花の薫物が濃く香り、淑子は微かに身じろぐ。

「……名を」

口づけの合間に、誠明がささやいた。

「呼んでも、いいですか」

「……はい……」

聞かなかったことにしてもらった名前を、誠明はやはり忘れていなかったらしい。昼間のように体が折れそうなほどではなく、しかし包みこむようにしっかりと抱きしめられながら、淑子は、自分の名を呼ぶやさしい声を、耳元で聞いていた。

「……裳を、外してもいいですか」

淑子は誠明の肩口に顔を埋《うず》め、黙ってうなずく。

衣擦れの音が、やけにはっきりと聞こえた。

「淑子。……袿は」

「……訊かないでください。何をしてもいいですから……」

誠明が笑ったような気がしたが、口づけに応えるのがやっとで、淑子に誠明のその表情を確かめる余裕はなかった。


「何よ、そっちのほうが無礼じゃない！」

「先に口を出してきたのはそっちでしょ！　だいたいいつも……」

南廊の真ん中で、今日も承香殿と麗景殿の女房らが罵り合いをしていた。その周りでは、通り道を塞がれた女孺や女童が、うんざりした顔で立ちつくしている。

「——はいはい、ここを空けて。喧嘩したいなら、端に寄ってちょうだい」

手を叩きながら、淑子が揉めごとの輪の最も外側にいる女房らを、廊の隅へと追い立てた。女房らは相手の女房のほかに、淑子に向かっても悪態をつきながら、数歩だけ移動する。

「あれ？　どかすだけ？　止めないんですか？」

少し離れたところで見ていた夏実が、人だかりを少し脇に寄せただけで戻ってきた淑子に、首を傾げた。

「みんなが通れれば、それでいいんでしょ。好きなだけ揉めればいいわよ。賀茂祭のあいだはおとなしくしていたくせに、それが終わるなりあれだもの」

「……まぁ、きりがないですよね」

女孺たちがいそいそと横を通り過ぎる中、罵り合いが止む気配はない。

三人の皇子が具合を悪くした件で、五節の更衣は後宮を去った。伝え聞いた話では本人の望みで出家したという。

すでに皇子たちは快復し、すぐに賀茂祭があったため、後宮の雰囲気は一気に高揚したものとなり、それでほとんどの者が五節の更衣を忘れた。祭事が終わったいまでは、すっかり日常に戻ったように見える。

流されるままここへたどり着き、心を引きちぎられ、また流れていった憐れな少女が、せめてこの先は穏やかに暮らせることを、願うしかなかった。

……わたくしが、同情できる立場ではないけれど。

この棘で身を守ってこなければ、自分もあのように、恨みを抱えながらここにいたかもしれない。

普段なら喧嘩を止める『柊の典侍』が、ただ見ているだけなので、罵り合いは収拾がつかなくなりつつあった。

「どうなるんでしょうね、あれ」

「どうなるのかしらね。——見ているのもきりがないから、もう行くわ」

淑子は踵を返し、内侍所のほうへと歩き出す。夏実も振り返りつつ、ついてきた。

「橘典侍さんがいないあいだ、きっと大変ですよ。あたしたちどうしよう……」

「たった十日かそこらよ。わたくしばかりあてにしないで、各々で何とかしてね」

「十日は長いですよぉ……」

「五年ずっとここにいるのよ。そろそろ外に出てもいいでしょ」

内侍所に戻ると、掌侍の四人が振り返った。

「橘典侍、もう迎えの車がそこにいるみたいよ」

「あ、それじゃ、もう行きますね。あとよろしくお願いします」

「はーい。ゆっくりしてきてねー」

見送りを受けて、淑子は御簾をくぐり、北側の廂から顔を出す。すると軒先に立っていた誠明が、こちらに気づいて歩いてきた。

「――仲裁はすみましたか」

「放ってきました。どのみちわたくしが休んでいるあいだは、誰も仲裁しませんし」

淑子は笑って、あたりを見まわす。

「えっと、車は……」

「あまり近くには寄せられませんでしたので、門のところに」

「ああ、それじゃ、歩いていかないといけませんね」

裾を上げなければ、衣が引きずれてしまう。一度曹司に戻って支度をし直そうかと思ったそのとき、誠明が手を差しのべた。

「……はい？」

「運びます」

「え。……えぇ？」

重いでしょう――と言おうとしたが、誠明はそのまま淑子の背を抱き寄せ、膝裏に腕を差し入れて、抱え上げてしまった。淑子は慌てて、誠明の首にしがみつく。

外の日差しのまぶしさに思わず顔を伏せた淑子の耳元で、誠明の低い声がした。

「……八条に行く前に、橘の家に寄らなくていいのですか」

「うちにですか？　いいえ、いいです。引き止められたら困りますから」

「困りますか」

「妹がいろいろうるさいでしょうし。……せっかくお休みをいただいたんですから、八条でゆっくりさせてください」

「わかりました」

「あ、でも、市には連れていってくださいね」

「案内します」

うなずいて、誠明は淑子を抱えて車に乗りこむ。だが、入口の御簾が下ろされても、誠明は淑子を抱えたままだった。

誠明が離す様子がないので、淑子が自分で誠明の膝から下りようとすると、誠明はそれを拒むように、淑子を抱え直す。

「……誠明様？」

「家に着いたらまた私が運びますから、このままでいいでしょう」

「それは……足が疲れますよ。わたくしは、そちら側に座りますから」

「駄目です。離したくありませんので」

真顔で我儘《わがまま》を言われてしまった。……どうやら誠明にはこういうところがあるらしいと、最近わかってきた。

淑子はくすくす笑って、誠明の肩に頭を乗せる。

「知りませんよ？　あとで立てなくなっても……」

「大丈夫です」

牛飼童《うしかいわらわ》が牛に声をかけ、車がゆっくりと動き始めた。

「……わたくし、いま、とても楽しい気分です」

再びここへ戻ってくることは決まっていても、束《つか》の間《ま》、棘を置いて、花だけの身になれるのだから――

ときおり揺れる車の中で、誠明の指が頰に触れ、淑子は口づけの気配に静かに目を閉じた。

本書のプロフィール

本書は書き下ろしです。

小学館文庫

色《いろ》にや恋《こ》ひむ　ひひらぎ草紙《そうし》

著者　深山《みやま》くのえ

二〇二〇年九月十三日　初版第一刷発行
二〇二〇年十月　六日　第二刷発行

発行人　飯田昌宏
発行所　株式会社　小学館
〒一〇一-八〇〇一
東京都千代田区一ツ橋二-三-一
電話　編集〇三-三二三〇-五六一六
販売〇三-五二八一-三五五五
印刷所――――図書印刷株式会社

造本には十分注意しておりますが、印刷、製本など製造上の不備がございましたら「制作局コールセンター」（フリーダイヤル〇一二〇-三三六-三四〇）にご連絡ください。（電話受付は、土・日・祝休日を除く九時三〇分～一七時三〇分）本書の無断での複写（コピー）、上演、放送等の二次利用、翻案等は、著作権法上の例外を除き禁じられています。本書の電子データ化などの無断複製は著作権法上の例外を除き禁じられています。代行業者等の第三者による本書の電子的複製も認められておりません。

この文庫の詳しい内容はインターネットで24時間ご覧になれます。
小学館公式ホームページ　http://www.shogakukan.co.jp

©Kunoe Miyama 2020　Printed in Japan

ISBN978-4-09-406815-3